"美少年侦探团"系列

天花板上的美少年

〔日〕**西尾维新** 著

〔日〕黄粉 插画

张静乔 译

人民文学出版社

PEOPLE'S LITERATURE PUBLISHING HOUSE

著作权合同登记号　图字 01-2023-3953

图书在版编目(CIP)数据

天花板上的美少年 /(日)西尾维新著;张静乔译
. —北京:人民文学出版社,2024
("美少年侦探团"系列)
ISBN 978-7-02-018648-8

Ⅰ.①天…　Ⅱ.①西…　②张…　Ⅲ.①长篇小说-日本-现代　Ⅳ.①I313.45

中国国家版本馆 CIP 数据核字(2024)第 084230 号

责任编辑　胡司棋　曹敬雅　任　柳
装帧设计　钱　珺

出版发行　人民文学出版社
社　　址　北京市朝内大街 166 号
邮　　编　100705

印　　刷　山东临沂新华印刷物流集团有限责任公司
经　　销　全国新华书店等

字　　数　102 千字
开　　本　787 毫米×1092 毫米　1/32
印　　张　6.875
版　　次　2024 年 5 月北京第 1 版
印　　次　2024 年 5 月第 1 次印刷

书　　号　978-7-02-018648-8
定　　价　39.00 元

美少年侦探团团规

1．必须美丽

2．必须是少年

3．必须是侦探

双头院学

袋井满

足利飙太

0. 前言

"吃饭这种事用一片面包就能解决。只要能让我在这幅画画前立上两周，哪怕用未来的十年时光进行交换，我都万分乐意。"

据闻这是在日本最具知名度的画家——文森特·梵·高的言论。而我哪怕绞尽十年脑汁也想不出来的这句大名言中所谓的"这幅画"，好像就是伦勃朗的作品。如果是我这种不学无术之辈，往这幅画画前一站，会不会也是同样的心情呢？

然而，若让我趁着"不学无术"的机会坦白的话，听到上述名言让我真正想起的，其实是小学时期别人念给我听的不朽的名作《佛兰德斯的狗》[1]。少年尼洛和爱犬帕特拉什的悲剧早已是无人不知无人不晓（然而，这种

---

1 《佛兰德斯的狗》作者为英国浪漫小说家奥维达，在日本有菊池宽等多位译者的译本，并被改编为动画。

情况"仅限于日本",在原著本国,意外的,只有少数读过的人才知道这个故事),立志成为画家的正直少年,在祈愿能够看上一眼的鲁本斯的绘画面前,与爱犬一起被召唤去了天国,这样的结局令当年还是小学生的我和其他人一样,感动得热泪盈眶。

根本就是泪雨滂沱。

然而,当坦率到令人厌恶的小学生的我成长为阴暗而乖僻的十四岁初中生,再以十四岁的视角回头去看,少年尼洛的悲剧中又带有不容忽视的疑点。因为清贫,不仅想看的绘画一直看不到,最后还失去了栖身之所的少年尼洛,仍然正直地归还了捡到的钱财,连自己的画得到了优秀的评价都不得而知就迎来了不幸的终点,这种好人没好报的故事本身当然需要从道德层面提出疑义;但比这更重要的是,没吃没喝也没地方住的少年,在与爱犬一起迎来死亡的时候,到底要怎么为心心念念的绘画支付门票钱?

在描写了拾金不昧的美德之后,连门票钱都没付就偷偷溜进教会,悄悄看了绘画——这种矛盾的行为,少年与爱犬应该是做不出来的,而另一方面,故事的进展或许也只能这样推进。

对曾经让自己感动不已的悲剧故事做出这种不解风情的吐槽，让我自觉是个罪孽深重的人，很长的一段时间内充满了罪恶感，但即便得不到解答，至少也要找人共享这种郁闷的心情，于是我就像去教会忏悔那般试着告解了。

"……"

尝试了一番，美少年侦探团的美术担当指轮创作却始终无言以对。表面上，为了表达无言的状态而无可奈何地加入了一行"……"，而事实上，面对比他高一个年级、本是前辈的我的呼喊，他连个沉默都不给。

就见他一副听都没在听的样子，始终目不斜视地面向画布——带着"对那些不懂艺术的庸俗之辈，连一片面包都懒得给"的感觉，只顾把烤焦的面包在画布上蹭来蹭去。

这到底算在干啥？喂画布吃面包吗？

随即，不知是没看见被后辈无情地无视了的可怜的我，还是领会到了年轻艺术家的意思，本来不知在哪儿的美少年侦探团的团长突然现身了。

"哈哈哈!"

对方哈哈大笑。

与其说像在跟可怜的我搭话,更像是在嘲笑愚蠢的我。

"就让我代替创作华丽地回答你吧。身为美学之徒,我当然听过那个童话,但完全没有你那种疑问。侦探团的团长对此不抱疑问,代表这里面压根就没有推理。这种问题,当然是教会的人们决定实现少年和爱犬最后的愿望啰——轻轻地就把门打开了。"

原来如此。

有了这番漂亮的解释,就不再有反驳或疑问的余地——不,与其说是"漂亮",更应称之为"美丽"的解释。

当然,假如说这话的不是跟他辩论都徒劳的团长,我或许还会顽强地反驳一番。至于理由,就是我忍不住地想:如果真是有人怀抱慈悲心,比起让少年看画而开门,应该给予少年的恩惠肯定是一片面包吧?

然而,若要让《向日葵》的作者来说,对那个立志成为画家的少年而言,比起一片面包,让他看到那张绘画才是更加充满慈爱的施舍吧。

让少年死在绘画面前，或许比让他活在其他什么地方更有价值。

这话让梵·高来说，才有说服力。

至于原因，虽然不知道他到底有没有在心心念念的绘画面前度过两周，但梵·高事实上真的在那之后举枪自杀——且不论"未来的十年时光"，他直接拿生命做了交换。

1. 侦探团召集令

这天放学后，我在课程结束后和往常一样，为前往美术室而做准备的时候，放在西装裤口袋中的手机响了。

我本来就因为是个女孩却穿着男生制服上学这事，而受到了同学们的注目礼——毕竟这事搁在过去都是没法想象的——让我更为瞩目的来电铃声则让我心惊胆战，我赶紧出去接电话。

"瞳岛同学，美少年侦探团发布召集令——不管今天有什么事，都请到美术室来。"

单方面的通知。

即便隔着电话，对方的形象也立刻浮现眼前，那是背脊挺得笔直的副团长的美声——在我回话之前，电话便已挂断。

这种行为，绝不是因为在表面世界的身份是颇有人望的学生会会长的副团长——咲口长广前辈没有礼貌，而是不习惯使用手机的我因为操作失误，不当心按到了挂断电话的按钮而已。

我又一次像操作对讲机那般操弄起手机来——就连重拨的方法都搞不清楚，over。

真是的。

为了保护"好得过分的视力"，身为初中生的我一直都没有手机，但就在前几日，因为种种缘由而加入了美少年侦探团，我也不得不使用手机了。

不管怎么说，都是一个"侦探团"的。

是组织，是团队。

关键时刻若是联络不上就糟了——其实不仅是"关键时刻"，做好时刻联络的准备，也是身为成员的必备条件吧。

嗯，所谓美少年侦探团的条件，事实上还有其他独特的形式，但不管怎样，得知我没有手机的时候，咲口前辈表示：

"哈哈，没问题。包在我身上。"

于是就包了下来。

顶着"美声长广"的别名，他随便一句话的口气（口头约定）似乎就能说服他人，因此我也就没法继续追问下去，但看到之后发来的物品，我感觉像是被抓住了盲点。

盲点——该说是"好得过分的视力"的盲点吗？

提到手机，我立刻选择避免使用智慧型，理由就是，液晶屏幕散发的光对于我敏感的眼球过于刺激；但反过来说，只要"不是液晶屏幕的手机"，使用起来也就没有任何问题。

而发给我的居然是一部儿童专用手机。

儿童专用手机也被称为安心手机，能够单手握住，不能发邮件，联络对象有限，并且可以称之为完全没画面的移动电话——这样确实对我的视力完全没有影响了。

这部手机就算闭上眼睛也不难使用，连"加拉帕戈斯手机"[1]都算不上，只是一部极简单的手机——除通话以外几乎不具备任何功能，不过，这也确实符合"侦探团"的风格。

1　原名"ガラパゴス携帯電話"，简称"ガラケー"，日本对上一代翻盖手机的称呼。"ガラパゴス"指加拉帕戈斯群岛，位于东太平洋，该群岛约有200个独有的物种。"加拉帕戈斯"一词经常被日本人拿来自嘲，不仅是手机，只要日本生产的商品与世界不接轨，都可冠以这个词。

顺带一说，因为是配给的物品，通话费用也全部由组织支付。在我有限的联络人员之中，所有侦探团成员都被分配了手机。而且侦探团中有储蓄无穷无尽的富豪，因此在这一点上，我就决定尽情撒娇了。

即便是这种玩具般的手机，对于隶属与世隔绝世界的长期居民的我来说，能拥有一部也很值得高兴，但若不顾我这边的情况就被随意呼叫，总有一种被套上了项圈的感觉。

到底怎么了呢？

孩童时期，总觉得只要通讯更加发达，电脑理所当然般地普及，人们就能够独立生活；但真的进入了科技发达的社会，才发现人与人之间的沟通变得更为密切。

根本就是过于紧密了。

无论走到哪儿，人类都无法从集体生活中逃脱——领悟般地想着这些，我匆匆地为回家做起了准备。

哎？

没错，就是回家的准备。

放学铃声响起的时候分明还意气风发地准备往美术室跑，但在接到召集令后，反倒不想去了——倒不如说是想要避开预期到的大灾害，争分夺秒地回到安全的家里的决心更为坚定。

然而，由于我的行动原理（"没被召唤就会擅自前去，被召唤了就突然间不想去了"）事先就被尖锐地看破，校门口早就埋伏下了守门人。

说是守门人，其实是番长[1]。

那是美少年侦探团的成员之一，袋井满——若说万人支持的学生会会长咲口前辈是指轮学园的"表"之代表的话，那么万人唯恐避之不及的不良学生袋井同学就是指轮学园的"里"之代表。

就见那个"里"之代表张开双手，如同在宣告阻挡我的去路，真让人吃惊。

"回什么家，瞳岛。按照美观眉美的不良癖好，怕是想要无视团长的召唤吧。"

"该死，你一定就是这么想的"——挂着这副表情瞪眼拦着我的番长超恐怖。

我绝对没有承认过"美观眉美"这种别名——虽然

---

1 日语中"番长"有打架王、学生老大的意思。

很想反驳一下，但眼下的气氛不允许我这样做。

顺带一提，对方的别名是"美食小满"。

不良癖好是大爱料理。

把大爱料理说成不良癖好，或许还是一语中的呢。

不过话说回来，"团长的召唤"？

传到我这边的明明就是副团长的召集——难道归根结底，还是团长的命令？

这样一来，就更不能去了。

"我说，赶紧给我去美术室。尽说废话的人在艺能界可是活不下去的。"

"不，那种华丽的世界中本来就没有我的位置……"

只见这个在社会上公然高举反旗、直接将叛逆期写在脸上的初中男生，这个只对团长顺从的不良学生，伸出手臂，试图拎起我的衣襟。

岂有此理！

我飞速摘下眼镜，让视力调整到最佳状态，从他手底下钻了过去——我从不良学生的身旁掠过，企图逃出校园。

"啊！混蛋！那么阴险，身手倒是出乎意料的灵活……"

阴险也无所谓，我自由啦！

你就垂头丧气地折回校舍，照镜子看看自己那张端正的脸吧！

然而，这出逃脱剧只过了一秒钟就落下了帷幕——才从不良学生手中逃脱，我就被侧面冲过来的某人气势汹汹地擒抱住了。

"呜哇！"

还以为是被车给撞了（才从美男子手边逃脱就被车撞，我好惨啊），但推倒我的不是车子也不是橄榄球选手，而是田径部的一年级王牌。

别名"美腿飙太"。

他也是美少年侦探团的成员——看样子之前一直藏身在树荫下面。

为了捕获我这种低级成员，竟然动员了整整两名团员，看来今天的召唤绝对是动真格的。

"啊哈哈，不行哦，小瞳岛。就算你眼睛再好，也休想从快过光速的我手中逃跑！"

保持着压在我身上的姿态、开朗地说话的美腿同学——对于这个把制服改造得比不良学生还彻底、西装裤直接剪成了短裤风的家伙，我在内心如此称呼——说什么"快过光速"固然夸张，但"眼睛好"也确实逃不过"脚步快"。

万事休矣。被美腿同学光着腿压制住，也只能死了这条心了。

"真是的，别瞎费工夫了，瞳岛。来，赶紧的。"

我被不良学生给拉了起来。

总觉得被对方给看作了食材。

被美腿飙太光着腿夹住，又被美食小满看作食材，说起来或许光荣，但无论哪个都让我感到屈辱。

"不要啦……如果真有急事，就直接跳过我开始做不是更好吗……"

"不许说这种欠缺主人翁意识的话。你不就是那种说'最近大家都在摆弄手机，电车里连一个读书的乘客都看不到'的家伙吗？只要你开始读书，至少就有一个读书人了。"

不良学生一如既往地用有些犀利的方式出言讽刺，同时押着我往校舍的方向走——老实说，没有了美腿同

学大光腿的拘束，现在我也有伺机逃跑的可能性，但在
"你这家伙还欠缺身为同伴的自觉"的持续讥讽中，逃跑
的心情也就没了。

我没被看作是食材，而是被看成了同伴。

同伴。

相比通讯手机，这是我长久以来更为缺乏的东
西——不愧是美食小满，简直有求必应。

2．天顶画

只不过，美少年侦探团虽然称得上是同伴，却绝对说不上友好。甚至还有学生会会长咲口前辈跟番长袋井同学这种在外部激烈对立的势力——能够让他们联手并同坐一席的地方，唯有美术室。

美术室。

自从艺术类的授课从指轮学园的课程中被取消，这间不再被使用的特别教室就被名为"美少年侦探团"的一帮无赖给霸占了——经过不断的改造再改造，如今没留下任何从前的痕迹。

木质地板上铺设了长毛绒地毯，绘画跟雕刻装饰了整整一面墙，除了奢华的沙发、桌子，连带顶棚的床都搬了进来，按下大门一侧的开关，亮起的并非荧光灯，而是闪闪发亮的枝形吊灯。

与其说是美术室更像是美术馆。这里如今是美少年侦探团的事务所——他们为了能让自己过得舒服，对这间教室进行了任意而为的奢华装修。

若让没有丧失人之常识感觉的我来看，这种环境倒也没让人坐立不安，但在老资格的成员看来，这些似乎还是不够。

简单来说，正因如此，团长才在今天发布了紧急召集——在美术室等待我、不良学生和美腿同学的，是扶着梯凳的团长和副团长，以及站在梯凳上，用海老反[1]一样的姿势挥舞着笔的天才少年。

团长——"美学之学"，双头院学（小学五年级）。

副团长——"美声长广"，咲口长广（初中三年级）。

天才少年——"美术创作"，指轮创作（初中一年级）。

一瞬间，我还以为他们在练习出初之式[2]，但看情况是天才少年将天花板看作一块大型画布，在上面作画——也就是所谓的"天顶画"。

1　原文"海老反り"，歌舞伎中的一种表演技法，像虾一样弓着身子的姿势。
2　原文"出初め式"，意为新年后首次出门，或消防队的新年首次消防演习。

对哦。

原以为美术室已经经过了彻头彻尾的改造，没想到唯一没能下手的天花板部分，最终也遭受了他们的毒手。

真让人难过。

"喔！你们来晚了，小满、飙太，还有瞳岛眉美！但我相信大家还是竭尽全力了，来得正好！"

团长保持着支撑梯凳的姿势，朝我们这边看来。

听着这种天真无邪的欢迎词，身为为了逃跑而竭尽全力的人，多少都有些心虚。

"啊，先前真是太失礼了，瞳岛同学。不知道你为何会挂断电话，我有没有好好地把情况传达过来？我内心十分不安。都是我过于笨拙，很抱歉。"

面对以这种口吻说出听似致歉之辞的咲口前辈，我的内心也有一些愧疚，但只要一想到他就是那个发散罕见的想象力、给我套上项圈的罪魁祸首，那种心痛感也就缓和了下来——真是的，把人束缚得比手机的合约还要结实。

顺带一提，在两人的支撑下，对着天花板挥舞画笔的天才少年看都不朝这里看一眼——嗯，要用那种姿态硬回头看，肯定会从梯凳上掉下来的，但从他集中注意力的方式来看，似乎压根都没注意到我们的到来。

绘画才刚开始，最终他到底能在美术室的天花板上画出点什么，目前还推测不出来，但从他的绘画姿势来看，绝对是惊为天人之作。

"原来如此。终于着手开始进行先前计划的天花板装饰啦——我们能做些什么？"

不良学生边反手将房门一关，边爽快地问道。

"首先，还需要一个来支撑梯子的人员。两个人来扶总有些不安定。然后，需要一个人做一下助手，给创作同学递送绘图工具，万一创作同学掉下来，还需要一个人接住他。分工情况就是这样。"

"才没有问你，长广。我问的是团长。"

不良学生一边冲对手发动毒舌，一边加入支撑团队。

嗯，以腕力来看，确实是妥当的定位——即便身着男装，我的小细胳膊也不可能突然就粗上一两圈的。

随即，以脚力而非腕力自豪的美腿同学凭借瞬间爆发力，想当然地负责起了危机管理——就像铲倒般地抓住了我那样，他请求负责接住掉落的天才少年。

于是按照排除法，我被定为助手。将桌面上摆放的各种画笔、绘图工具递给天才少年，并为他擦拭汗水，就成了分配给我的工作。

要将身为初一学生的他照顾得无微不至，对于身为初二学生的我而言颇有些心情复杂，不过，对方既然是指轮同学，也就可以接受了——从名字就能看懂，他是这家指轮学园的母公司、指轮财团的继承人（"储蓄无穷无尽"指的就是他，换言之，事实上对我的项圈进行管理的人也是他）。

从这层意义来说，为了我的将来，比起学生会会长或番长，为这位更为重要的人物效劳，可以说是十分适当的——嗯，不过只要身在这间美术室，他就不是什么指轮财团的继承人，说到底也只是美少年侦探团的成员、区区一介艺术家。

听说这间美术室的改造大部分出自他之手——挂在墙上的名画、装饰的雕像大半是他本人的作品，令人万般折服。

"那个……团长，今天的紧急召集该不会就是为了这件事？"

以防万一，我还是战战兢兢地确认了一下。

"没错！美少年侦探团本日的活动内容，正是做好充分准备，改造完成这间美术室！这个时刻终于到来了！"

双头院元气满满地回答。

老实说，这种听上去完全没有潜台词的回答让我松了口气——嗯，这无疑是一项伟大的事业，参与未经许可就改造学校设施的活动多少需要一点心理准备，但跟搭直升机远行、深夜偷偷潜入其他学校这种行动相比较，至少与过激无缘，甚至可以说是轻松愉快的活动内容了。

我之前试图逃走，再怎么说都有些过于性急，甚至或许都有些反应过度了，我松了一口气，开始反省——然而，这种判断才叫性急。

这时候的我真是万万没想到。

团长心血来潮而开始的这场改造，竟然与指轮学园七年前爆发的某个诱拐事件产生了少许的关联。

诱拐事件。

这是我迄今为止闻所未闻的犯罪种类，并且还是一场奇妙的不可能犯罪。

3．关于美少年侦探团

这里先就美少年侦探团做一个简单的说明——若要以事不关己的态度来说的话，他们是在指轮学园初中部秘密进行活动的非营利团体。

学园中发生的所有麻烦几乎都与其有关，聪明如我也万万没想到，这个各种传闻说得有模有样的团体竟然是真实存在的；而在这间"美术室"——这间莫说是学生，就连员工都忘却了的特别教室中，他们每天持续着对"美丽的谜题"的解答。至于成员，除了身为新人的我，总共五人。

学生会会长咲口长广、不良学生袋井满、田径部王牌足利飙太、指轮学园继承人指轮创作——以及，侦探团的团长，双头院学。

顺便一提，这位团长只是小学部五年级的学生，被称作小五郎——为何小学五年级的学生能统领一群大有名气的初中生才是更应该解开的谜题吧，虽然我这么想，但目前还是暂且把这个谜题放在一边吧。

因缘际会成为了他们的"委托人"的我，在一片混乱中顺势成为他们中的一员，但就算从同伴的角度来看，他们的行动还是脱离了常轨。

"哈哈哈！从成为我们的同伴的那一刻起，瞳岛眉美，你也脱离常轨了，所以不用担心！"

团长给了我一个实际上很令人担心的保证——但他们所谓的活动内容，竟然是未经许可在教室的天花板上绘画，可以说是非常低调和谦逊，也可以说居然事到如今才这么做。

反过来说，为何事到如今才打算着手创作天顶画，其中的理由仍然不明——不管是一时兴起还是临时起意，我想总归得有个契机吧，嗯，不过倒也不是什么非得深入追究不可的事。

之后约一小时内，创作在沉默中继续——身为助手，非常遗憾的是我工作得不得要领，但这半点不是我的责任。

谁让天才少年压根不说话！

不说话又无表情的他，完全不表达自己到底想要什么绘画工具，我也只能揣摩着行事。

若在平时，唯一能够领会他的意思的团长会负责翻译的工作，但很不凑巧，目前团长被支撑梯子的工作占据了全部精力。

仔细想来，支撑梯子这种无聊的任务竟然由团长和副团长优先执行，能够充分说明美少年侦探团是多么优良又健全的组织。不经意间，为紧急时刻而做准备的美腿同学成了最轻松的人，嗯，应该说是尽可能要让他保持轻松的工作内容。

万幸的是，天才少年并没有从三人共同支撑的梯子上掉下来——然而，就在此刻……

4. 天花板上的冒险

"咣当"一声。

就在此刻，天花板脱落了。

在天才少年笔力的压制下，天花板向内凹陷——虽然其中有他用勉强的姿势创作的缘故，但他并没有特别厉害地使用腕力挥笔，天花板却脱落得轻而易举。

在我们的协助下，在此之前一刻不停地描绘着天顶画的天才少年手中的笔虽然为之而停顿，但他仍然维持着面无表情就是了。

"啊……啊，坏掉了坏掉了。创作破坏了美术室！"

美腿同学起哄般地乱叫。

真是个坏孩子。

才不是天才少年搞坏的，那块天花板本来就快脱落了。

虽说他们两个是同年级，但考虑到对方是财团继承人，美腿同学真可谓天不怕地不怕。

"唔，不过还真是个美丽的时机。休息一下吧，创作，下来下来。小满，准备红茶和茶点。"

团长如此说着，天才少年与不良学生则默默遵从——对于他人的话语置若罔闻的冷淡二人组，在团长面前却顺从得很。

说到劳动，我干的活相比支撑有人站在上面的梯子当然轻松不少，但天才艺术家的助手这份工作，还是会给精神带来疲惫，因此暂时的休憩可谓帮了我一个大忙。

不知算不算得上美丽，但天花板真的挑了一个好时机脱落。

"那边的天花板受损了，咲口前辈，如果需要修理，今天的工作不得不就此结束了。"

对天花板的修理以及整个天顶画的绘制，仅靠放学后的时间来完成，说到底就是胡来，那我们是不是更应该将此事看作一种启示——我委婉地（或说露骨地）如此敦促咲口前辈。然而……

"……"

对于我的报告，学生会会长好像听都没在听，而是突然注视起了天花板上开出的那个大洞。

到底怎么了？

不愧是能够代表学校的学生，也会考虑设备损坏的问题。那种程度的损坏，自己动手修一下应该立刻就能修好（除我之外的人）。

"不，不是这样的，瞳岛同学。你看，那个洞——看上去就跟秘洞一样。"

秘洞？

这样说来，看上去确实是那么回事——说是老旧的天花板坏了，其实更像是事先安设好的、能够自由开关的秘门脱落的感觉。

"咦，也就是说，这间美术室还有阁楼？"

不良学生的话看似跑题，却意外地正中目标——虽说不是阁楼那种时髦的东西，搞不好这间教室的正上方有隐藏房间之类的东西存在呢。

"哈哈哈！我一直觉得说不定哪里有与异世界相连接的入口，一直都在追求这个，没想到就在头顶上！简直是灯下黑！"

既然在头顶上方，就不能被称作"灯下黑"，团长的一番话超越了所谓的梦想，直达白日做梦的程度——既然是小学五年级的学生，嗯，想要探寻通往异世界的通道也不算不可思议对吧？

虽说很在意将通道的入口给打开的天才少年的见解，但他对天花板上的洞看都不看，只管陷进沙发里——面无表情的他让人看不出疲惫，但绘制天顶画这种事，就算只在旁边看都觉得消耗体力。

天才的助手都累了，天才本身当然更加疲累——这还用说？

但这并不代表我的疲惫就能消除！

"各位，少说什么阁楼啊异世界啊这种奇怪的话。要说天花板上会有什么，肯定就是宝藏啦！"

美腿同学兴致勃勃地说道。

拥有一双让女生嫉妒不已的梦幻美腿的他，却出乎意料地拥有现实主义的性格，虽说带着玩笑般的口吻说出"宝藏"的观点，但从校舍的构造去想，将天花板上的所谓隐藏房间，称之为"隐蔽场所"应该更符合现实路线。

"嗯。瞳岛，你怎么想？"

"唉？"

不良学生忽然征求起了我的意见，颇令我有些困惑。

竟然问我这种新人的意见？

"不，那个……我不知道。该不会有尸体滚下来吧？"

"别说得那么恐怖……别突然说那么恐怖的话啊。嗯，这种时候当然是百闻不如一见啦。比起乱七八糟地瞎推测一通，不如直接上去看看。"

不良学生说完就往梯子上爬。咲口前辈若无其事地行动起来，撑住梯子，我也条件反射般地撑住了另一头。

不过确实，比起瞎讨论，进去看看就能搞清天花板上到底是怎么回事——不管是阁楼、异世界、宝藏还是尸体。

而遗憾的是，不良学生被拒绝入场。

问题不在于他平日里的品行问题，只是单纯的体型问题——因为是远近法[1]的原理，戴着眼镜看不太明白，但天花板上那个作为入口的洞口，对于身为初中二年级学生却发育过壮的不良学生而言实在太小了。

头是钻了过去，肩部却卡住了。

1　远近法：画法的一种，由透视画法而来，根据远近之理而定形状之大小、色彩之浓淡、景物之详略等。

即便如此，只要头过去了，勉强也能侦察一下天花板里到底怎么回事——我是这样想的，但事情就是那么不凑巧。

"乌漆墨黑的什么都看不见。"

就是这么回事。

"嗯……那就麻烦了。该怎么办呢？万事休矣啦。很不凑巧，偏偏没准备手电筒……如果有身材小巧、在黑暗中也能确保视力完全没问题的人才就好了。"

"你上吧。"

我还想着怎样巧妙地不被注意到，但似乎起到了反效果，只得悲惨地跟不良学生交换了位置。

说到身材，初一的那两个人也能穿过洞口，只有小学五年级的团长更不必说，但除了这种场合，我的视力也没有其他可使的地方。

比起用来在赌场里看破出老千，这种利用法要平和得多——我站上哎口前辈和不良学生支撑的梯子，慢慢地爬了上去。

若是穿裙子，哪怕裙子里面穿了安全裤也做不来这种野丫头般的行动，但实际一做，发现自己还有点兴奋。

潜入教室天花板的内部，我很早以前就想要做做看了！

然而，在进入比想象中狭窄的天花板的世界并摘下眼镜之后，这份"兴奋"立刻被"失望"所替换。

天花板就只是单纯的天花板而已。

别说什么阁楼了，就连隐藏房间都没有，更遑论什么通往奇幻或魔法世界了——没有半点宝藏沉睡的感觉。就是一个比入口还要拘束人的、上下不到三十厘米的狭窄缝隙。

由于贸然摘下了眼镜导致视力全开，就连满地的尘埃跟结得铺天盖地的蜘蛛网都彻底确认了一遍，结果更加令人失望，我的心情都变得十分差了。

要把这么无聊的查证结果报告给下面充满期待的那群人，总觉得有些难过，但为了我的心情着想，还是尽快下去为好——光是待在这个空间里，都让人感觉快要生病了。

再这样下去，我自己搞不好就要变成天花板上的尸体了，于是我开始在逼仄的空间里拼命转换方向——就因为这个笨拙的一百八十度转体，我看清了之前尚未进入视野的背后空间。

说是背后，其实应该是脚后。

即便拥有游刃有余的视力，我也没办法观测到后方的状况——毕竟，后方完全没有什么开阔的世界，有的只是与前方同样的、狭窄不堪的间隙。

但就在这道间隙中，大量的木板如同强调环境的逼仄一般堆积如山，将间隙填得满满当当。

莫非是校舍竣工时剩余的木材都堆在这里了？那应该可以说是豆腐渣工程了吧，但事实不是这样的。

那些东西不是单纯的木板，所以当然不能被称为木材——那是一批贴着绷紧的布、四方形的木框。

也就是说……

填满这个空间的，是大量的画布。

5. 绘画中的违和感

　　空手而归总归不好，因此我在地面团员的呼喊中，将发现的画布一张接一张地递下去——我从天花板的洞口把画布递给踩在梯子上的不良学生，不良学生再传递给咲口前辈。

　　画布大概有三十张，传递工作颇费了一番工夫，不过嘛，相比多次出入这种狭窄的空间，还是一口气完成比较轻松。

　　只要我多花些时间在这份工作上，将才能发挥到极致，疲惫不堪的天才少年就能稍微多休息一会儿——性格恶劣的我也会有关心他人的想法。

　　嗯，虽说比起冒险、寻宝这些事，我们所做的事起初带有天花板顶大扫除这种侧面意义，但幸好在天才少年完成天顶画之前留意到了其中的谜团。

　　根据推测，这些画布应该不是在美术室被当作侦探团事务所使用的时期被留下的，而是这里被当作正式美术室使用的时代所遗留的当时的学生作品——从三十多张的数量来看，解释为一个班级的绘画数量也十分相符，大概在美术室关闭时，有人不忍心把学生作品处理掉，就偷偷藏在天花板里了吧？

我能做到的推理也就到这种程度了，但当所有的画布终于都传到了下方的美术室，我也踩着梯子下来之后，就见侦探团的成员们对此似乎有不一样的见解。

他们将大约三十张的绘画并排放在地毯上，既不等待我这个探索者的归来，也没说什么嘲讽的话，而是开始了检查——就连想要让他多休息一下的天才少年都离开了沙发，参与到了检查之中，显然我的关心都是徒劳的。

可不能去做不习惯的事。

今后我要坚定地只为自己考虑。

总之，在光线明亮的环境里再次打量那些并排摆放的画布，我那套"这些是过去的学生作品"的推理，最终还是在没说出口之前就悄悄撤回了。

在狭窄逼仄的空间里，用过剩的视力反倒不容易看出来；而一旦返回地面并戴上眼镜，再从适当的距离用适当的视力加以查看，就能发现那压根不是中学生的作品。

哪怕是不具备艺术审美眼光的我都能看明白，那些作品都是以扎实的技术为基础创作出来的。

假如真的都是中学生的作品，那就变成整个班级的学生都拥有能与天才少年匹敌才能、堪称艺术史上的黄金时代了——这种事根本就不会发生，若真有这样的黄金时代存在，艺术类的课程怎么可能从指轮学园消失？

这样一来，美腿同学所念叨的"宝藏说"忽然就变得热门起来。搞不好这些真的就是有价值的绘画收藏品什么的？

假设这些画是真迹，那该归属于谁？是作为发现者的我将拥有所有权呢，还是作为美少年侦探团的全员探索活动的发现，而所有人平分？假如要分，目前我的贡献是最大的，个人认为按照 5 : 1 : 1 : 1 : 1 : 1 的比例来分才是合适的……

"搞什么，你没在打什么小气的算盘吧？"

不良学生尖锐地指出。

为什么会败露？

嗯，哪怕真的是"宝藏"，在那种恶劣的保存状态之下，价值也应该会锐减到一半以下吧；用正常的方式去思考，也能得出不会有人把有价值的绘画藏在美术室的天花板的结论。

然而在成员之中，会围绕绘画的价值，正确来说是围绕资产价值考虑各种问题的，看上去只有我一个——大家的着眼点都落在了其他的地方。

"我说瞳岛，有没有觉得这些画都很眼熟？"

"咦？眼熟？"

不良学生这么一说，我再度打量起摆放的约三十张，正确说来是十乘以三再加三共三十三张绘画——眼熟？不，再怎么说，对于迄今为止都偷偷藏在天花板里的绘画，怎么可能看起来眼熟……

事实上，无论哪张画都不存在于我的记忆之中。

然而，眼熟——虽然称不上，但代替这种感觉的，可以说这些画布上能够让人感觉出的某种奇妙的违和感。

那种不知该如何表现、难以置信的违和感——但也并不是说，三十三张绘画无一例外地都令人有这种感觉。

是有违和感和没有违和感的画混在一起了。

"大概有一半左右的画，有某种不自然的感觉……"

对于我的低喃，不良学生如此回应：

"一半吗，我感觉是三分之一，也就是十张左右。"

"我对八成的画有这个感觉。"

"我是二十二张。"

学生会会长和田径部的王牌也分别进行了自我申报——美腿同学的计数之所以如此精密，是不是有着某种理由？沉默寡言的天才少年当然不能期待，所以这样一来值得在意的，应该就是我们团长的意见了吧？

"嗯？我没觉得有什么特别的违和感啊？无论哪张画都感觉无比美丽而已！"

"……"

连我这种新人都能觉察出来的违和感，身为侦探团的团长怎么可能完全感受不到？真想提出这个质疑——不仅如此，对这种破破烂烂又因长久放置在恶劣环境中而受损的绘画，一口咬定是"美丽的画"，总感觉团长非常粗枝大叶。

他本人真的是"美学之学"吗？

万一他只是个对任何事物都说"美丽"的闹腾的小学生该怎么办？我不禁偷偷地开始不安。

这事姑且不论，团长和天才少年算是例外，虽说数量上有偏差，但过半的成员都确实从这些谜之绘画上觉察到了某种违和感——尽管无法解释这种违和感到底是什么样的。

"呼，说是眼熟更像是既视感——说是违和感更像是缺失感，这样说或许比较正确。"

会长前辈如此说。

那种故弄玄虚的说法，从我这种性格阴暗的人的口中说出来恐怕只会惹人发火；但让拥有美声的咲口一说，就完全变了个样。让人不甘心又不得不服气。

既视感。缺失感。

至于"眼熟"跟"既视感"的区别，凭我头脑中那部贫瘠的词典当然分不清；但说到"违和感"和"缺失感"，还是能够稍微接近正解的——确实如此，那些画上似乎有着某些不足。

不足。

这指的并非作者的热情或画技这些有的没的，而是更具体的某些东西。

就在此刻，我的背后响起了枪声。

6. 艺术家的奇怪行为

不好意思，所谓"枪声"纯粹是我误会了。

虽说是对没听惯的声音产生了误解，但让我联想到枪声的，其实是现如今的中学女生肯定都不会听错的声音——就是智能手机拍照时所发出的、疑似按快门的声音。

就是"咔嚓"的那种声音。

这是再怎么折腾分配给我的那台儿童专用手机也搞不出来的声音——至于摄影者，其实是天才少年。

只见他将智能手机的镜头对准摆放整齐的绘画，宛如造访名胜的观光客，"咔嚓咔嚓"，拍完一张之后还在连续不停地拍。

他似乎打算把三十三张绘画全拍下来。

"怎……怎么了，指轮同学？"

就算我开口问，指轮也不会回答。

然而，这名后辈对我这个前辈的问话不作搭理实在过于稀松平常，因此很难判断他到底是集中注意力在拍照而不回答，还是压根不想回答。

"哈哈哈，就等一下吧，瞳岛眉美。看样子创作有什么想法。"

既然团长都这么说了，我也只能等待。

至少，相比那个看上去似乎什么都没在思考的团长，天才少年应该真的在思考些什么——嗯，虽然不清楚，但拍照并数据化，他是要搞画像检索吗？

这样一来，也许就能弄清这些绘画的作者是谁了？

至少在我把这些绘画向下传递的时候，我确认过，无论画的表里，都没有类似作者签名的东西（这样一来，"不忍处理掉的学生作品"的假说变得更弱了）；若查明了作者，或许就能拥有画中所呈现出的违和感的线索。

又或许能够判明这些绘画的资产价值吧（我尚未舍弃"宝藏"的假说——提出这一假说的美腿同学貌似已经把这点给忘了，也就是说，他不想要自己能够分得的那一份了？）。

然而，完成拍照的天才少年下一步所采取的，并非"画像检索"这种高度数据化的行动。

更令人吃惊的是，他开始了模拟绘画。

只见他拿起不知从哪儿弄来的签名笔，一点一点地在液晶屏幕上划来划去，让笔尖游走——这孩子到底在做什么?!

看着慌忙过去试图制止他奇怪行为的我，团长用一句"就等等吧，瞳岛眉美"，将我给制止了。

"看样子创作有什么想法。"

"看样子你只会说这一句话哦?!"

无论有什么想法，对着智能手机的屏幕直接写写画画这种事，怎么都不能看成是正常的举动。若是电子手写笔还好说，但天才少年手拿的，压根就是最原始的文具。

就算液晶屏幕对我而言形同天敌，这种暴行还是不能视而不见——然而，就在我跟团长纠缠不清的当口，天才少年的"画图"行动似乎结束了。

在天花板上画图，在液晶屏幕上画图，我真的很纳闷这孩子为什么在所有东西上都要画图，但当天才少年将智能手机的屏幕转向我时，我立刻明白自己搞错了。

他这样做的意图是希望向大家说明清楚一件事。

当然，说是"把屏幕转向我"，但他屏幕朝向的当然不是我，而是身为团长的双头院——总之就是这样。

"啊……啊、啊、啊、啊……！"

我不假思索地叫了出来，虽然距离"美声"相差甚远。

这才是真正的"百闻不如一见"。

或许应该称为"一目了然"。

天才少年的液晶屏幕上展示的照片，是三十三张排列开的画布中最边上的一张——照片上重叠着天才少年在屏幕上画下的线条。

天才少年的画线是快速作画，当然说不上是多么的精密，但仍旧能够看出他画的是数个摆出身体前屈姿势的人。

"这个，是米勒[1]的《拾叶者》！"

"正确来说应该是《拾穗者》。"

我正高兴，就被某人从旁边毫不客气地加以订正。

---

1 让·佛朗索瓦·米勒（Jean-Francois Millet，1814—1875），法国近代绘画史上最受人爱戴的画家之一。

咲口前辈太不懂察言观色了。

嗯，正式名称到底是什么，我认为也有翻译方面的问题，撇开这点不谈，至少知道了画布上描绘的是无人不知无人不晓的著名作品——只不过，人物从绘画范围内给抹除掉了。

简单来说，这张画和米勒的《拾穗者》十分相似，只不过这张画是抹去了所有人物之后，单单描绘了风景的临摹画。

所以既有既视感，当然也有缺失感。

有所缺失的，正是"人物的身姿"。

而最早察觉到这点的天才少年，就是为了向同伴们说明这点，才会做出在液晶屏幕上走笔这种奇怪的行为吗？

这样做确实是一目了然，但就算口头说明，也能用一句话就说明白的……这孩子就这么不喜欢说话吗？

嗯，总之只要有一张做示范就足够了。

没必要进一步伤害他智能手机的液晶屏幕（会不会掉下来啊？不过嘛，以他的经济能力，智能手机这种东西对他而言或许只等同于携带式白板）——只要对其他三十二张画做出同样的思考就好。

重新再看一次，我明白了。

眼熟、违和感、既视感、缺失感，统统都是能够接受的说法。

某张绘画出自弗拉戈纳尔[1]的《秋千》，将人物去除后的风景。

某张绘画出自米勒的《奥菲利亚》，将人物去除后的风景。

某张绘画出自莫奈的《草地上的午餐》，将人物去除后的风景。

某张绘画出自雷诺阿的《煎饼磨坊的舞会》，将人物去除后的风景。

毕加索、达利、波提切利、梵·高，甚至连葛饰北斋的名作都施以了同样的细工。

这些都不是单纯的风景画或静物画，而是改成风景画或静物画的绘画——只要这样去理解，就变成了再简

1　让·奥诺雷·弗拉戈纳尔（Jean Honore Fragonard，1732—1806），法国洛可可风格画家。

单不过的谜底，简单到都搞不懂为什么到刚才为止我们都无法理解。

在这种场合，都不应称之为"解谜"，而是"解画"才对。

理解到了这一步，为何每个成员感觉到的"不自然"的绘画数量不一样的理由也很明白了——也就是说，只是每个人对于古典名画的基础知识各自了解多少而产生的偏差。

也就是说，我所说过的"大概一半"，代表三十三张画布中大概有十六张左右的绘画（能否正确地说出画作名称和作者姓名姑且不论）已成为了自己所熟悉的知识——反过来说，对于没形成基础知识的另一半绘画，也就感觉不到缺失感。

不良学生则表示感觉到违和感的画作有十张，相比我所知晓的十六张，他所知晓的名画只有可怜的十张。

"好棒！赢过没有教养的不良学生了！"

"你把心里想的全都说出来了哦，瞳岛。"

你这家伙，性格的本来面目暴露得越来越多了哦——不良学生无可奈何地表示——随他怎么说。

反正听上去都是败犬的虚张声势。

然而再一问，不良学生掌握的那可怜的十张，几乎都能归入我所不知道的"剩余一半"之中——与其说他教养不足，或许更该形容为知识片面匮乏吧。

感觉好讨厌。

话说回来，教养充分的学生会会长咲口前辈说过自己知道其中的八成，这还算妥当；而就算写不出"教养"这个熟语汉字也毫不奇怪的美腿同学居然知道二十二张——也就是三分之二，好让人吃惊。

而数字之所以如此具体，代表他不像我这般对知识掌握得稀里糊涂，他的知识非常之具体，搞什么，这孩子表面上看起来像是个体育生，其实和外表完全相反，竟然还颇具才智。

可谓才貌双全。

"哦，也不是什么值得被夸奖的事。你看，古典名画不都画一些裸女吗，我很爱看这类东西，自然而然地就变成知识储备啦。"

还真不是什么值得被夸奖的事。

到底挂着可爱又害羞的笑容胡说八道些什么啊！

不过的确如他所言，三十三张绘画之中，包含相当一部分以裸体女性为基础所创作的作品——如此说来，这就是一场对美腿同学有利的比赛（虽然也算不上什么比赛）。

"但还是敌不过长广。果然是每天带着小学一年级的未婚妻跑美术馆的人。"

"飙太，根本没什么'每天带着跑'，请不要使用这种容易招致误解的表达方式。"

会长前辈狠狠地将美腿同学训斥了一番，然而，他以月份为间隔带着小学一年级的女学生到处跑似乎是事实——我若无其事地跟危险人物拉开了距离。

沉默寡言的天才少年并没有公布自己知晓的绘画数量，但从专业领域来看，即便他从一开始就把握住了全部三十三张绘画，也不是什么不可思议的事——其他成员正在为此头疼不已，可在他看来，这或许连谜题都算不上。

然而，问题出在我们的团长身上。

零张。

因为他只有小学五年级，硬说没有掌握相关知识的话倒也合理；但至少也该认得一张吧。

"哦，很不凑巧我没有什么学识——我所拥有的只有美学。"

"现在是谈论美学的时候吗？"

不过话又说回来，双头院同学也曾指着这些绘画表示"全部都很美丽"，不知能不能被称为慧眼识珠——毕竟都是足以载入史册的名画，这样说也是理所当然的。

当然，相比那些真正的名画，这里的三十三张绘画，都不得不说是相当逊色的吧。

撇开恶劣的保存环境不论，居然将人物从完成的绘画上全部抹除，都可以称得上是恶改原作了。

"这样说来，在绘画的世界中是不是有这样的练习？虽然都说艺术是从模仿开始的，不过把人物从古典名画中抹掉，然后给空白部分补上背景的这种技法……"

我委婉地向天才少年询问，却又委婉地被无视——"我是不是被这个后辈所讨厌了"的这份疑惑，一天比一天更具真实感。

代替天才少年给出"关于这种练习技法，恕我孤陋寡闻，从未听说过"的回答的，是美少年侦探团的良心，或称危险人物的副团长咲口前辈。

"名画的摹写在法律上也有严格禁止的地方，不允许在相同单位大小的画布上仿画。"

就连这种冷知识都披露了出来，还真是无微不至。

因为是名作，就有被模仿得惟妙惟肖、让人分不清真伪的案例？然而，面前这些绘画自然没有这方面的问题——这种完成度，根本就是画成毫不相干的其他作品了。

而且，由于画得太好，压根就不是练习这种水准的作品了吧？虽然所谓"相形见绌"，说到底是以真实名画的存在为前提的。

关于这点还有一个疑问。

这些绘画的作者，究竟是出于什么样的目的，才描绘出这些奇妙的绘画，并且还画了这么多数量的？

"哇，这简直就像被封闭在名为'画布'的密室中的人物，全体上演了一出逃脱剧一样！"

双头院以极其诗意的方式如此表达。

不，说是诗意，应该说是美学吧？

密室——很像是侦探团的团长说话的派头。

要说密室确实是有，但就因为人物从该在的地方消失，就说这是一出"逃脱剧"……这就……

"可以假设作者是同一个人吗？"

"能做出这种奇怪的行为的家伙，怎么想都不会很多。"

对于咲口前辈没有特定对象的提问，不良学生的回答非常感性，只不过，嗯，我跟他意见相同。

"第一次跟你意见相同哦。"

"别说这种话，我的对手又不是你。"

好冷淡啊。

"是啊，我也持相同意见。这点看笔触就明白了——虽然尽可能地向真品靠近，但一些独特的习惯并没有消除。"

团长说出这种似懂非懂的话，有多少可信度就姑且不论了。

"作者究竟出于什么想法画了这些画，又是出于什么想法把画藏在了天花板里……值得高兴的是，谜团无穷无尽！"

"不过双头院，不管作者是同一个人还是多个人，这点应该谁都搞不清了吧？"

尽管并不期待的品评会早已开始，只要能从三十三张画布上察觉到违和感，并对其真相加以判明，应该就能说是个好消息了吧。

保守估计三年之前就被隐藏在天花板里的这些绘画，应该无论如何都查不到更为详细的资讯了。

"唔，那就去面对其他的谜团吧。"

"其他的谜团？"

还有吗？

还当真是"谜团无穷无尽"啊？

"又是那种美丽的谜团？"

对着团长，我略带嘲讽地随声附和着，双头院却表示：

"不，应该说是与美丽正相反的谜题——只不过不能一味地追究。"

这种应答简直莫名其妙。

与美丽正相反？

这种说法才更像个谜。

"什么意思，团长？"

　　看样子美腿同学跟我一样无法领会双头院的意思，我便如此提问。

　　"也就是说，作者为什么要画这些画的谜题暂且搁置——为什么没有画'那幅画'的谜题，美少年侦探团不得不加以面对。"

　　团长落落大方地回答道。

　　"那幅画"？"那幅画"指的是哪幅画？

　　"就是没有学识的我都认识的、世界排名第一的著名画作啊。列奥纳多·达·芬奇的《蒙娜丽莎》。"

　　既然都画了这么多了，以《蒙娜丽莎》为基础的画作却没有，身为美学之徒的我根本难以接受——如此表示着，双头院歪了歪头。

7. 未出现的画

这么一说……

并排摆放在美术室中的三十三张画布中，似乎真的没有以《蒙娜丽莎》为基础而创作的作品。

"这到底是怎么回事，团长？要说没画过的画，其他明明还有很多。你看，比方说蒙克[1]的《呐喊》。"

不良学生的意见也代表了我的想法，不过从另一方面来说，我并不是不理解双头院所说的话。

从美术史中选取三十三张名画的时候，其中真的能不包括《蒙娜丽莎》吗？

自然，人们的喜好各有不同，世界宽广得很，对于《蒙娜丽莎》这样的绘画不予认可、持强硬意见的人应该也存在。

1　爱德华·蒙克（Edvard Munch，1863—1944），挪威表现主义画家、版画复制匠，现代表现主义绘画的先驱。

以不良学生提出的蒙克的《呐喊》为例，没被挑选出来当作绘图底稿的名画不计其数——绝对不是只有《蒙娜丽莎》没被选上。

然而，这些说到底都是客观性的意见，身为美少年侦探团的成员，就连"无学之学"——其根源是"美学之学"——都知晓的画作居然没被选上当作创作基础，这中间真的存在违和感。

也存在缺失感。

"……搞不好以此为线索，或许能锁定作者呢。"

副团长郑重其事地发言。

"目前看来，选中的这三十三张绘画，从时代、技法和多样性来看都十分丰富，风景画、裸女画、历史画、风俗画、战争画、日本画、水墨画、抽象画，看起来零零散散的没有共同点——但只要详细解析作者究竟是用什么标准来选择画作的，大概率就能发现作者真实身份的线索。"

真是这样吗？

对此我不是完全不抱疑问，但反过来说，即便是身为战略家的咲口前辈，不这样做恐怕也找不出像是线索的线索吧。

嗯，总之只要弄清作者是谁，所有的谜题都能得到解答是事实——不过是古旧的绘画，又不是从古墓里挖掘出来的。

对方一定还活着，如果能确定是谁的话，就有可能听本人直接讲述。虽说不是"学生作品"，但既然能把绘画保存在美术室的天花板里，绘画的作者必定是指轮学园的内部成员。

如果是内部成员，就能通过学园母公司，也就是指轮财团的继承人天才少年的路子接近对方——就在探明真相的光芒微微可见的当口，"叮铃铃"，告知这间经过改造的美术室姑且也算是教室这一事实的极少数要素之一的广播响了。

那是放学的铃声。

"唔，结束时间到。那好，今天的活动到此为止。剩下的当成家庭作业。"

"咦？可以回去了？"

真的可以回去了？团长所发出的意外指示，使得早就表现出想回家意图的我不由得透露了自己的心声——

放学铃声什么的，对于美少年侦探团这种无法无天之辈聚集的团体而言，通常应该爽快地无视掉嘛。

占据美术室这种事本身就违反了校规，并且侦探团还有过在美术室中通宵搞事的真实战绩——更进一步说，身为小学五年级学生的团长待在初中部的地盘内，就是跟指轮学园的校规背道而驰的。

这样的美少年侦探团真是令人无话可说，事到如今，要在放学时间过来之后再度放学回家？喂喂，我们什么时候变成乖孩子集团了？

放在平常，放学铃声这种东西，根本就跟吃晚饭的暗号一样——我明明偷偷地在期待不良学生，也就是"美食小满"今天会给我们吃些什么啊！

从来都没这么沮丧过！

还真以为我会去做什么家庭作业啊？

然而，对于无法无天之辈聚集的乖孩子团体来说，团长的决定是绝对权威的——美少年侦探团压根没采用什么民主制度。

"嗯，如果不设法解决这些奇妙的画布，天顶画的工程就推进不下去。偶尔我也要试着使用一下头脑。"

"没错。我会活用学生会会长的权限，试着从学校这边进行打探——美术室关闭的时候，或许发生过什么。"

"我就久违地从家里的书架上取出画集，把那些绘画都对照一下。跟原画做对比，或许能发现些什么。把裸女从裸女画上抹除这种重大犯罪，坚决不能原谅。"

看样子只有美腿同学的动力与众不同，但就我一个人在此发表异议也没什么意义。

单从得失方面来考量，其实在此提出异议，对我也没有任何好处——这种莫名其妙的绘画就不要管了，直接放回原处，继续创作天顶画吧，万一这个主张通过，我岂不是又要被迫回到痛苦的助手工作中去？

并且根据情况，搞不好还得通宵。

开什么玩笑。

不管团长的心境如何变化，能回去的时候当然要回去——虽然只是在把问题往后拖，但反正明天放学后，我也不可能从不良学生与美腿同学的包围网中逃跑。

"难得我们当中的反对者也没提出异议，那就这么决定了。"

团长像作总结一般"啪"地双手一拍。

看样子，我似乎被暗中称作"我们当中的反对者"——还真是恰当的绰号。

这时我忽然想到，还没听到天才少年的意见呢。不，寡言的他，对我尤其沉默寡言的他，在这种时候不发表自己的意见才是惯例，但往往这种时候，天才少年的意见会通过以心传心的方式由团长代为发表，这也是惯例的一种。

今天这样结束，岂不像是因为天才少年的沉默寡言，他的意见就被无视了——对于日常被天才少年无视的我来说，把这当作是复仇，固然很爽，但考虑到这次的活动必须由身为艺术家的指轮创作当主力，作为画布的发现者，不禁感觉有些同情。

天才少年可能才是那个想表达"这种古旧的画布就别管了，继续开展天顶画的工作吧"的人吧——若真如此，我是不是应该演好"我们当中的反对者"这个角色？

不能回家当然让我肝肠寸断，但老实说，我还真的想看着他把天顶画给完成。

能够见证优秀作品的诞生，并且与作品的完成产生关联，对我这种性格乖僻的人来说也是值得高兴的——嗯，这个嘛，就那么一点点。

然而，就在我差点要劝说开始做回家准备的团长，以及不良学生、会长前辈和美腿同学留下的当口——我忽然意识到了什么。

不对。

不对，不对。

假设天才少年的意见早就通过双头院君的嘴表达出来了呢——事实上，他才是最希望查明这些画布真相的人吧？

想到刚才那种不像是双头院会提出的结束方式，追根溯源，"家庭作业"这句话其实是天才少年的提案？

我转头朝天才少年看去。

摘下眼镜去看，那张没什么变化、一如既往没表情的脸上，果然还是能看出他正在思考些什么。

甚至是在期望些什么。

8. 归路

值得谢天谢地的是，不良学生和美腿同学送我踏上了回家之路。若我想被当成女孩对待的话就根本不会穿什么男装，不过嘛，今天夜幕降临得早，我就决定撒个娇了——从心情上来说，被人从左右两边固定，说是护卫更像是押送。

"嗯，虽然我觉得不会出什么事，但既然发生过之前那种事，还是得小心为上。"

咲口前辈如此表示。

加入美少年侦探团以来，我被卷入不计其数的大小麻烦之中（大多是自己人招致的），因此很难分清"之前那种事"具体指哪次麻烦，但说到与我上学放学必经之路有所关联的，大概就是发饰中学发生的事件了吧。

"对方现在应该一团乱，我不觉得他们有对我们学校出手的空闲。"

不良学生嘴里这么说，但还是好好地把我一直送到了自家的玄关前——安全得以确保固然好，但另一方面，总感觉父母看我的眼神会比之前更为严厉，所以很难把握其中的分寸。

实际上又是怎么样呢？

女儿寻求梦幻般不存在的星星的曾经，女儿身穿男装跟形形色色的美少年们混在一起的现在，作为父母到底感觉哪种状态比较安心呢——总感觉是不相上下的。

"与其说是以防万一，更像是心理安慰一样的作用。不管有多小心，该被诱拐的时候还是会被诱拐就是了。"

美腿同学说出了与其天真烂漫的笑容截然相反的话——不愧是人生中早已经历过三回诱拐的孩子，说出来的话都跟别人不一样。

"但或许就是因为这样，长广才会给小瞳岛配备手机啊。"

啊，原来还能这样看问题？

我一味地把手机想成是腹黑学生会会长套在我头颈上的项圈，但这种儿童手机还能起到报警器的效果。

只要扯掉手机绳，就能发出声量巨大的警告音，唯有这点是儿童手机凌驾于最新型智能手机之上的特有功能。

"这样啊……咲口前辈竟然考虑到了这一步。"

"嗯,虽然有点保护过头的感觉。不愧是萝莉控,对儿童手机的了解还是蛮详细的。"

才没有这种"不愧"呢。

别说被当成女孩对待了,只要一想到被当成小孩对待就有些心情复杂,不过嘛,我还是心怀感激地接受这种过度保护的行为吧。

只不过……诱拐。

说到诱拐……

"我说,你们两个。"

就在即将关上玄关大门的时刻,我向不良学生和美腿同学提出了质问。

"团长说过,关于那三十三张画,看上去就像一群人从名为画布的密室中逃脱,上演了一场逃脱剧一样,你们不觉得那更像是诱拐吗?"

"啊?"

不良学生露出讶异的表情。

然而,这种感觉对于被诱拐经验丰富的美腿同学来说似乎很容易理解，他表示道："嗯，或许就是这样。"

"与其说是被封闭在绘画中的人物逃走了，更像是被保护在绘画中的人物被拐走了，这种说法在我看来很合适。"

"这不都是一回事吗？"

感觉不良学生似乎完全搞不清状况。

没被诱拐过的家伙也就这么回事！

不过嘛，这位番长不管怎么说都像是诱拐他人的人，大概也是把握不到那种细微之处的。

"我说你，该不会把我想成恶魔之类的东西了吧……"

不良学生瞪了我一眼。

"都无所谓了，你给我好好地思考一晚上。这可是团长布置的作业。"

又叮嘱般地说了一句。

明明连"脱逃"跟"诱拐"都区别不开来，为什么偏偏就能看穿我怠惰的心思呢？

"哈哈，原来你喜欢我啊？"

"宰了你哦。"

距离感实在太难拿捏了。

一旦离开美术室，大家就不是同伴了——要是不尽量牢记这一点，性格阴暗却容易得意忘形的我，总有一天会吃苦头的。

"说正经的，一直带着客人一样的感觉和大家相处可是很麻烦的，瞳岛。我都说过多少遍了，赶紧拿出身为同伴的自觉。你又不是什么在人气动漫的剧场版中客串声优的当红艺人。"

把我这种人比作当红艺人未免吹捧过高，但讽刺得还真够厉害的。

"别这样，小满。说出这种话，等到我们的活动真的被做成剧场版的时候，岂不是会造成影响？"

难得美腿同学发表了斥责的言论——虽说更像是自我表扬，但野心真的很大。

不要以剧场版为目标啊！

话说回来，不良学生所说的话也有道理。

要是不良少年能正儿八经地说话，我就不用那么辛苦了。

在向两人承诺自己会在明天放学前整理好自己的假说并向大家阐述之后，我进入了能够让身心平静的家中。

假说。

既然是侦探团，那就应该说是"推理"。

只能说是心情沉重。

事到如今再说这个也没什么意思，但我真的对推理小说了解得不甚详细——对铅字本身就没那么喜欢，为电车中减少了一个读书人做出了贡献。

敷衍了事地完成了回家后向家人打招呼的行为，回到房间解开男装——男生制服本身按照男子式样来制作，以女生的体格来说穿起来很轻松，只有胸前部分的改造还没习惯过来。

只要一回家，就想立刻脱掉。

话说回来，我的这套男装其实是有样学样地模仿天才少年缝制的那一套——当然，并非美术科班出身的我只是班门弄斧，相较天才少年的那套，我这套成品真的差距甚远。

有样学样。

艺术是从模仿开始的。

那三十三张绘画并非习作，这已成为了我们的共识——只不过，谜之作者的目的显然不是制作赝品。

　　既然如此，能够想到的就是……

　　我一边从男装替换成女生的裙装，一边绞尽脑汁。反正是家居服，不必纠结于衣服的选择，头脑可以空出来思考。

　　所以才能同时进行推理。

　　我能想到的是，莫非那是某种批判？

　　真要说的话，就是类似不良学生的那种讽刺。

　　特意将所有人都能谈论几句的古典名画作些改变并描绘下来，目的是表明某种意图……考虑到不知是怎么画出来的成品的质量，要说"恶改"的话未免有些言过其实，但再想到作者的存在，这无疑又是一种冒渎。

　　假定这些都是出于对称得上是伟人的、过去的画家的挑战心态而创作出来的绘画，以此为基础，似乎能在明天放学前整理出一番推理——然而，我却在此暂且停顿了下来。

　　作为在有限条件下瞎编出来的推理，这或许是合适的，只不过——仔细想想，莫非我的心态是"只要推理过了就好"？

　　假如我加入的是真正的侦探团，我这种心态大概会引起不满吧，但我所属的，是"美少年侦探团"。

提出的推理必须足够美丽。

"必须美丽，必须是少年，必须是侦探，是吗……"

以上是美少年侦探团的团规。

随后接续的第四条团规，我必须强烈地、时常地、深刻地镌刻于内心。

仿佛掐准了我换装完毕的时间点，挂在衣架上的制服口袋中，响起了来电铃声。

儿童专用手机响了起来。

搞什么？此刻我已经回到能够让身心平静的家中，在自己的房间换上了舒适的居家服，难道又是团长的召集吗——作为新成员，并且事实上不是少年而是个性格恶劣的女生，他们仍把我当成一名普通成员来对待，这让我深感惭愧，但此刻我真的感觉很厌烦。

有那么一瞬，我犹豫过要不要假装没注意到这铃声，但那可行不通。

我按下了接听键。

这通电话打了我一个措手不及，给了我精神上的猛烈一击——致电我这部只有美少年侦探团的成员才知晓的儿童手机的人，竟然不是美少年侦探团的成员。

"喂？是我。"

这个声音……

为我提供过度保护的咲口前辈，正是为了从某人手中保护我，才给了我这部儿童专用手机。但电话那头，正是此人的声音。

"你可能忘了，我是札规谎。"

怎么可能忘得掉。

9. 推理大战

　　第二天放学后，美少年侦探团的成员们按照事先约定，在美术室集合。严格说来，是不知悔改的我再度试图逃走，但在不良学生和美腿同学的二人组面前，很快就被捉拿。

　　两连败。

　　侦探团和"美观眉美"什么的暂且搁置不谈，为了将来着想，我这种被召唤了就不想前去的别扭性格还是趁现在矫正过来为好，但总而言之——此刻，我们正围桌而坐。

　　被发现的那条通往天花板的路径门洞大开，三十三张画布也如同昨天一般，摆放得井然有序——画到一半的天顶画也静静等待着重新开工的时机。

　　"好了！接下去要进行的，就是公布各位的推理！我十分确信，各位会为我带来快乐！"

　　团长毫不掩饰涌上来的兴奋之情，如此说着——

竟然让他期待成这样，老实说，这不禁让我有些畏首畏尾。

为了让自己冷静下来，我喝起了不良学生泡的红茶。

"呜哇！"

一口吐了出来。实在太过美味。

不可能，莫非这杯茶是根据我低俗的味觉而特意调配的？！

"喔，不好意思，搞错了。"

不良学生边爽快地如此表示边像个熟练的侍者一般，用看似事先准备好的抹布将桌子擦拭得干干净净——明知故犯的手法。

不知算是对连续两天试图逃跑的我进行的惩罚，还是针对我最近对他采取轻视态度的报复。

不管是哪种，我都充分体会到了与管理食物的人为敌是多么恐怖的一件事——不过多亏如此，我紧张的情绪才得到了适当的缓解。

顺带一说，对我进行过复仇之后心情很好的不良学生自不必说，除我之外的成员都看不出紧张感。

美腿同学如往常一般在沙发上翻来翻去，为强调自己的美腿而摆出独特的姿势；天才少年也跟平常一样，面无表情到完全看不出他在想些什么。

看着他面无表情的样子，我昨天的想法果然是穿凿附会了，他看上去很想要再度进行天顶画的创作——只不过，硬要说的话，感觉咲口前辈比平常说话要少。

众人一起开会的时候，通常会由美声长广担任司会主持，但今天，他似乎后退了一步。

这莫非是我的错觉？

我昨晚跟被称为指轮学园学生会会长咲口前辈的天敌——发饰中学的学生会会长通了话，是不是因为愧疚感，才会让我这样去想？

大致说来，咲口前辈样子很奇怪的时候，通常不会有什么好事，或许就是如此才会让我这样想——不管怎样，就在不良学生在桌上摆放英式下午茶的司康饼、水果和甜点的当口，家庭作业的发布会正式开始。

话是这么说，在这种场景之下由谁率先讲话，众人好像都在相互试探。

"那就从我开始吧！首先，请你们安静聆听我的推理！万一忽然就给出了正解不免有些扫兴，但届时还请大家一起高呼'Cowabunga'[1]！"

意料之外的是，在此率先举手的竟然是双头院同学——不，或许也不意外，在这种时候率先打头阵的团长，才拥有统领一群问题儿童的雅量。

见习人员就好好见习吧。

……只不过，能不能推理出来就另当别论了。

"那边的三十三张绘画，都是从历史名画中将人物去除后重新描绘的，这在昨天就已经辨明，但我重新思索了一番，事实上可能正好相反。或许我们这次发现的三十三张绘画是画在前面的，现今在全世界的美术馆中展出的名画是以这些画为基础而创作的作品！"

有那么一瞬，我被这番过于大胆的假说给吓了一跳，但不对，根本不可能。

压根就谈不上什么"Cowabunga"。

又不是冲浪选手，本来也就不想这么喊。

其中确实存在保存环境的问题，就算三十三张画布

1 Cowabunga（カワバンガ）起源于 19 世纪 60 年代冲浪运动，在实现一个高难度动作后，高喊这个词祝贺成功。在日语中的近义词是"太好了""太棒了"。

颇有年代感，但怎么想也不像是数十年甚至数百年前的作品。就算再久远，最多也就十年吧。

万一，我是说万一，真的存在被当作名画根源之类的作品，也不可能被集体藏在同一所中学的天花板里吧。

"不愧是团长，好棒的推理。简直能够让人联想到往年本格推理小说的惊天大逆转，超级大诡计！"

始终保持安静的咲口前辈边拍手边说出这番言论——他是用稀罕的美声夸赞，听起来让人信以为真。但怎么可能被夸赞成"超级大诡计"？

是把我们当笨蛋来看了。

只不过，要让忠心耿耿的副团长指责团长的愚蠢，哪怕天地倒转都不可能，看样子咲口前辈只是条件反射般心不在焉地应付了一下。

当然，副团长对团长的推理（不管那是多么离谱的推理）听得心不在焉，应该是不可能的……果然是心里有什么事情吗？

要是有什么愉快的惊喜就好了……

"对吧对吧？万一各种绘画艺术真的是从这间美术室开始的，身为以此为根据地的美少年侦探团的团长，我会相当为之自豪的。可惜的是，这番推理还是不能说明为何三十三张画中没有包含《蒙娜丽莎》的背景图，不过嘛，假如列奥纳多·达·芬奇曾是这所学园的在籍学生，就相当合理了。"

合理个头！

根本失望透顶。

关键的地方未免太牵强附会了吧。

不，就连关键之外的地方也全都是牵强附会——只不过，双头院能够既不羞耻也不害羞地将这种梦想般的推理落落大方地发表出来，应该说是在为我们做示范吧。

也可以说，他为我们降低了难度的门槛。

"嗯，总之等到全员都说出各自的推理再判断对错——下一个我来说行不？"

第二个举手的是不良学生。

在不击溃团长体面的情况下推动进程，一般是咲口前辈的任务——在美术室外部激烈对立的学生会会长与番长，在美术室内部则是互补的关系。

当然，下一个由不良学生来发表意见也不错。

可能的话，希望他的推理能够跟我原计划要发表的推理一致——这样一来，我就不必发表了。

10. 不良学生的推理和美腿同学的推理

"不好意思，我的推理跟团长的不一样，就是普通的推理……我不适合脑力劳动，也不擅长创意。"

这句开场白说的，好像要把团长已经降低的门槛降得更低的样子，那么不良学生会表示"不好意思"也是理所当然的——我想这样打个岔，但想到之后还是要时不时地品尝他冲泡的美味红茶，所以还是决定闭上嘴。

我可不想被毒杀。

脑力劳动自不必说，对于生活在以食谱为基本的料理世界的不良学生，我似乎能够理解他口中的"不擅长创意"，但也正因如此，他到底会给关于艺术世界的谜题带来怎样的解答，我很感兴趣。

"昨天提出了'作为绘画练习而模仿古典名画'的点子，结果被否定掉了对吧？因为根本没有那种莫名其妙的练习。嗯，我也是这么认为的——倒不如说若真有这样的练习的话，反倒会养成奇怪的癖性。就像尝试不放调味料就直接做料理一样。"

岂止是调味料，或许根本就是食材本身。

虽说不是三十三张画全部都这个样子，但既然是以人物为中心而创作的画作，画面的主题当然应该是人物。

就像是尝试不用肉去做烤肉？当然，蔬菜、米饭和最后的冷面都很好吃，但这总归算不上是烤肉料理。

"没错。这样既不能摹写也不能练习——但如果这既不是摹写也不是练习呢？"

"？"

什么嘛。

不是又甩回来了吗？

"也就是说，其实是下功夫了？"

美腿同学做出反应。

正在沙发上倒立（倒坐？）的美腿同学看上去是玩世不恭的样子，但似乎内心正以无比认真的态度在参加这场发表会。

嗯，虽然以前什么样我不知道，但在我参加过的这些活动中，推理大战可谓迄今为止最符合侦探团气质的活动。

经历过跌宕起伏的人生、能够倚赖的只有自己的一双腿的美腿同学，或许心理年龄比实际年龄大很多；即便如此，他依旧对这种幼稚的小孩游戏乐此不疲，他的童心不曾丧失。

而且他对团规无比忠诚。

必须是少年，必须是侦探。

传说他令指轮学园的全体女性都穿上了黑丝袜，双腿之美自不必多说。

只不过，"下功夫"到底指什么？

"跟模仿、本歌取[1]的意思相近，但还是有点不一样。就是说，把原本当作基础的绘画视为新的根源派生出来，作为完全不同的东西而产生的绘画。"

"就是对原作遁名改作而画出来的绘画？"

我如此提问。

若真是这层意思，就是说这个不良学生采用了我所丢弃的提案（对自己恶劣的性格倍感头晕目眩）。

1　原文"本歌取り"，是一种将一句或两句古歌收录到自己的作品中，意在将表现效果多层化的修辞手法，有"仿意歌"的意思。

"不，并不是这种批判或恶意……"

既非批判也非恶意。

那难道是讽刺？

"那就是在点明类似高更在收到了梵·高的《向日葵》后，画出了《向日葵》这种事吗？"

咲口前辈发表如此言论。

虽说他的确没有全身心地投入，但似乎并没有完全游离于众人的谈话之外——然而面对这种举例，不良学生的反应则是：

"梵·高？高更？《向日葵》？都是谁啊？"

就是这么回事。

非但连梵·高与高更都不知道，好像连《向日葵》都给错想成了人名——反过来说，他竟然能用这点知识储量来组织推理，实在让人佩服。

咲口前辈的举例非常遗憾地没能让不良学生理解，但却给我带来了灵感——确实如此，真的能称之为"下功夫"。

虽然也不是完全没有批判精神、挑战之事或讽刺之心，但至少跟恶作剧不一样。

"原来如此。想法确实有趣，小满。虽然不学无术的我还是弄不明白艺术世界，但你的想法好像在推理小说里也是存在的。"

确实如此。

推理小说这种作品体裁，原本就是起源于那位叫埃德加·爱伦·坡所创作的一篇小说。

"嗯？埃德加·爱伦·坡？那又是哪位？"

双头院不可思议般地问道。

这个团长简直比那个团员更夸张，身为美少年侦探团的统领者，团长莫非连江户川乱步这个笔名的由来都不知道？

"啊哈哈，说到江户川乱步，哪怕名为《天花板上的美少年》[1]的书发售了，其中有的也只是对伟大先人非同一般的热爱，绝对没有哪怕一点点的恶意。"

尽管美腿同学如此总结，但不对，那明显算是在作恶吧。

先不谈这个，不良学生的推理确实不存在什么创意

1　此处为致敬江户川乱步的短篇小说《天花板上的散步者》。

性，或许没有双头院所赞誉的那么有趣，但与其称之为"普通的推理"，更应该说这是"正经的推理"——这孩子到底为什么会变成不良少年的？

当然，也有漏洞。

跟双头院君所提出的创新又有趣，却不符合逻辑的美丽推理有着相同的漏洞——不管是模仿还是本歌取，三十三张画中没有包含大名鼎鼎的《蒙娜丽莎》未免太不自然了。

这种不自然感，就跟提到史上最佳的三十三本古典推理小说时，却没把《莫格街谋杀案》给囊括进去是一样的——如何评价其中的诡计全凭个人喜好，但这部作品历史性的价值绝对远超个人的喜好问题。

"史上最佳的三十三本古典推理小说啊……如果是我，肯定不会丢下《Y的悲剧》的。"

总感觉咲口前辈对我的随声附和很随意——果然他没有正儿八经地在听。

他到底在想些什么？

莫非除了小学低年级的未婚妻，还有其他什么头疼事？果真如此的话，还是希望他能够趁早表明……

"好，下一个轮到我了。"

然而，下一个报上名来的却是美腿同学。

这孩子难道没察觉到咲口前辈的异样？不，就算察觉到了，美腿同学可能还会对此充满兴趣。

这个跟我在不同意义上有着同样恶劣性格的人所提出的推理，当真可以形容为"似是而非"。

"我是肉眼可见的头脑简单、四肢发达的那种人，没法给出像团长和小满那种艺术性的解读。所以就对眼中所见的东西照原样进行了解答。嗯，假如我是作者的话，到底是出于什么样的目的才画下这些画的呢？"

出于什么样的目的。

也就是所谓的"动机"吧？

在不良学生的推理中，这就叫"下创意功夫"。

"对眼中所见之物照原样解答啊。确实，这或许才算是真理。再也没什么比解谜更为重要的了。"

而那个看似恰如其分地颔首的双头院，到底把团员的意见听进去了多少，目前仍然不明——因而我就坦率地提问了："这是什么意思，足利同学？"内心喊惯了他"美腿同学"，嘴里说着"足利同学"还是倍觉违和感。

但也不是说我变得坦率了。美腿同学表示：

"正确说来，假如我是作者，到底出于什么样的目的才会不老实按照模板作画呢——可能的话，当然会想把名画完整仿画出来的吧？否则就是白费工夫。"

连篇的废话不禁让不良学生轻轻地咋舌一声，但这也能被说成是不良学生推理中的漏洞。

就算下功夫，结果也不会变好。

就算尝试过，也很难有结果相伴。

三十三张绘画的品质之高，"良好"都没法形容，根本就是"如果按照原画去画，肯定能更好"。

美腿同学也有这种感觉，才会把这种别扭之处当作立足点。

"无论有什么样的理由，我都不会犯下从裸女画中把裸女抹除的暴行——这就是我当作立足点的看法。"

……虽说比我预想的还要扭曲，美腿同学倒是将态度贯彻到底——嗯，那也行。

我也有相同的想法。

尽管身穿男装，但我对裸女画没有特别的兴趣，然而就算让我来看，从《沐浴的女人》[1]中将"沐浴的女人"抹除，其中的理由本身就是个谜。

对于这个谜题，美腿同学给出的解释是：

"作者本人可能不擅长描绘人物。"

还真是个一点都不含蓄的解答。

"因为不擅长画人物画，所以在摹绘名画的时候就想要画得简单一些，这也就说明了那三十三张画到底是怎么回事。"

与其硬要描绘不擅长的裸女画，索性直接交给想象力比较好？即便无法持相同意见，但对于"不擅长的东西就不去画"这种难以言喻的实事求是，跟艺术相差甚远的感性本身，我这种普通人还是很容易理解的。

这样一来，为何三十三张绘画中没包括《蒙娜丽莎》，也得到了一定的说明。

因为不擅长列奥纳多·达·芬奇的笔触所以就没画——不是没画，而是画不出。

仅此而已。

1　让·奥诺雷·弗拉戈纳尔代表作之一。

总觉得"画不出人物"这种答案，似乎才是对推理小说的典型批判……

要说利索，恐怕没有比这更利索的推理了——只不过仍然有其他的漏洞，或者说是难点。

并且身为美少年侦探团成员，他所作出的推理有致命的缺点——换言之，作为推理，不够美丽。

然而根本轮不到由我来指出，美腿同学似乎对此心知肚明，带着一副不愿提出这项定案的表情说道：

"好，下一个让我们来听听小瞳岛的推理！"

直接把接力棒甩给了我。

哎呀呀，又转回到我这里来了。

该我出场了。

不幸的是，无论不良学生还是美腿同学的推理，跟我带来的推理都不相同——看样子也只能勉为其难地进行演说了。

但严格说来，这也不算是我的推理……

11．瞳岛眉美的推理？

"嗯，说是推理，其实没有任何根据，都是我瞎猜的⋯⋯因为我也没有艺术层面的感性。"

但也不是头脑简单的体育生。

那我到底算是什么？

也谈不上是"天体观测"之类的专业领域——硬要说的话，我的专业领域应该是视力？

没错，视力。

"足利同学的推理是，作者本人想画人物却画不好，所以干脆死心了；但我想，会不会那个作者在此之前就看不到人物的身姿了？"

"看不到人物的身姿？这算啥？"

不良学生大皱眉头。

对团长的推理不曾大唱反调的他，似乎不想同样对我给予这份温柔。

嗯，不过像我这般语无伦次、毫无自信地瞎说，被吐槽也在所难免。

然而，既然演讲已经起头，就没有中途停止的道理。

"你看，我就是个很好的例子，我的视力不是非同一般吗？我摘下眼镜后看到的景色，跟不良学生看到的景色完全就是两种东西——那么，就算描绘同样的主题，我画的跟不良学生画的，不就是完全不同的绘画吗？"

"混蛋，不许再叫我'不良学生'。"

真是搞不懂——他嘟嘟囔囔地说着。

当然，他搞不懂的并非我喊他"不良学生"的理由，而是我所讲的内容。

我此刻真的对咲口前辈的支持充满期待，但他却陷入无动于衷的模式——相比学生会会长的演说，我的讲话十分笨拙，但若他能听进去就好了。

"据说皮皮虾能看到许多人类所看不到的光的波长。还有，蜘蛛以八只眼睛观察世界、蜻蜓有复眼等等。"

"越来越搞不懂了，复眼什么的太复杂。难道你想表示的是，那三十三张画的作者是皮皮虾、蜘蛛和蜻蜓之类的东西？"

一边纠缠不休地说着，同时又将我所说的话紧紧咬住，或许他当真是对食物从不挑剔的"美食小满"——不挑食，且暴饮暴食的小满。

"你想说作者不是人类，瞳岛眉美，这种说法也太离谱了吧？"

双头院呈上了疑问。是双头院。

不，不对。

我才没说到那么夸张的程度。

若有那么夸张的想象力，我的人生绝不会变成这样。

"不，我想说的只是，人类的视力也有各种各样的，并不是表示作者是皮皮虾、蜘蛛或蜻蜓——不必说到那种夸张的程度，人类的视力本来就有差别……"

话又转了回来。

所以才说，这种说法根本行不通。

嗯……"他"都说了些什么来着？

"比如说彩虹，一般人们认为彩虹是七色的，但这未必就是事实，有人能看出十到十二种颜色，也有人只能看出五色或三色——说到'青色'，有人会认为其中也包含'绿色'；有人能够把'绿色'作出二十种以上的分类；也有人认为'粉色'跟'桃色'是同一种颜色。"

"明明叫黑板却是绿色的？"

美腿同学的随声附和大大脱离了我刚才的那番比喻，但真要以本质来说，两者也没差别——要是把浓郁的绿色想成是黑色，那它就是黑色。

"刚才足利同学说，这些画就是把看到的东西给原原本本地解释了出来，但就算'原原本本'地照着看到的东西画，画出来的东西也因人而异——所以艺术才得以成立。极端点说，或许鉴赏历史性的名画这事本身，就是通过天才的眼睛看世界。"

回过神来，才发现大家都在用奇怪的眼神注视着我。

完蛋，这种话实在不像是我会说的，直接让人哑口无言——嗯，反正本来就不是我的台词，不像是我会说的话也是理所当然的。

这才是有基础、有根源的话。

眼神尤其奇怪的，是我自认为完全没在听我的推理的咲口前辈——对于天敌的气息果然还是很敏感。

必须修正轨道了，哪怕胡说八道也行。

"总之，作者是打算练习绘画，也打算直接对名画进行摹绘，但以最终成品来说，画成了跟名画完全不同的东西，这就是我的假说。"

"……重点就是，作者跟你差不多，是拥有特别视力的人，在看原画的时候，直接就把人物给透视掉了？"

啊。

这种说法好容易理解。

"好棒！不愧是简单的思路！"

"原本认生的你变得跟大家那么融洽，我从心底感到高兴。"

不良学生一耸肩膀，却又表示了"但这又是怎么回事呢"，并继续说道：

"我不觉得拥有你这种眼睛的人会很多……实际上透视的不该是画上的人物，而是涂在画布上的颜料吧？假设真有人能够透视颜料，对方所能看到的，不应该是纯白的画布吗？画作上的人物背后，绝对不可能还画着什么背景。"

不良学生的思路绝对没有我以为的那么简单——他指出的问题着实一针见血。

嗯，反正我不会认真地说出"作者所看到的名画就是这个样子的"——无论在功能层面还是精神层面，人们看物体的方式的多种多样本来就是事实，这事我本人再清楚不过了，但如今我所发表的推理，以推理来说完全没走在现实路线上。

一半以上都是现学现卖的。

只不过，我对于大家在听到这番见解后都会作何反应有着很深的兴趣。

"这些绘画中没有包括《蒙娜丽莎》这件事又该怎么解释？"

美腿同学如此提问。

"《蒙娜丽莎》嘛，不光是人像，就连背景也一起被透视了吧。"

我如此回答。

这可以说是对假说的过度解释，感觉这样一说就什么都通了，而且这种解释也没什么错。

就算是过度解释，推理还是推理。

"唔，说是推理，更像是犯罪者的诡辩。"

咲口前辈以温柔的声音说出严厉的内容——本以为是一种赞誉，毕竟对方声音很美，但不管再怎么过度解释，都只能说他在含沙射影。咲口前辈本身似乎也不明白为何会选择这种辛辣的表现方式，我倒是能够猜出其中的理由，因此也并没有太伤心。

犯罪者的诡辩。

就是这么回事。

"唔！作为初次推理，已经做得相当不错了，瞳岛眉美！就算是诡辩，也是轻松又美丽的诡辩！"

在喜欢表扬他人的团长的赞誉声中，我的演讲就此结束了——接下去，终于该是等待已久的咲口前辈的发言了。

我是这样认为的。

"那，接下去就轮到创作了！"

12. 天才少年的推理

咦？指轮同学也要参加？

本以为沉默寡言的他就算参会，也会坚决把旁听人员的角色贯彻到底，但他却要在这里突然口出雄辩之辞了？

我忽然有些期待，但事实好像并非如此——他惜字如金般地说道：

"这些绘画，不是全部。"

就这么寥寥的几个字。

"至少还有三十三张。"

"这到底什么意思？"

我条件反射般地发问，但此刻他已恢复成了平常那个沉默的天才少年——似乎再也没有更多的说明。

大家都听明白了吗，我偷偷地轮流打量起了不良学生、美腿同学、咲口前辈，每个人都露出了比聆听我那番疯狂的演说时更为不可思议的神色——唯有双头院是个例外。

"原来如此！是这么回事啊！"

只见他一拍膝盖如此表示，至于他到底理解得有多深刻，我对此表示怀疑。

只不过，怀疑团长的行为很不好。

他应该是唯一能够接受天才少年推理的那个人了，我开始期待双头院的说明。

相比不肯说话的天才少年，双头院还是有交流的可能性的。

"哎呀呀，你没搞懂吗，瞳岛眉美？创作明明都说了'这些绘画，不是全部''至少还有三十三张'啊。"

"嗯嗯，然后呢？"

"然后？就这样了啊。"

就这样了？

白白害我探出了身子。

然而此刻，忠诚的咲口前辈用一种只是转述天才少年的意见，而且绝不会对团长言论的权威性造成损伤的方式，开口发言：

"原来如此，确实无法保证发现的这批绘画就是完整的。再也没有比这更为合理的了。"

是对小学生未免过于忠诚了。

还是因为他心不在焉呢?

"如果正如创作所说,还有另外三十三张的系列绘画,说不定其中就包括了列奥纳多·达·芬奇的《蒙娜丽莎》和蒙克的《呐喊》呢!"

"但天花板里的画布全部在这里了哦,萝莉控前辈……不对,我是说咲口前辈。"

"怎么会搞出这种口误呢!"

本来还想,若是他真的心不在焉的话就算说出来也不要紧,但看样子,前辈并没有看上去的那样茫然。

"嗯,只不过,藏画的地点应该不仅限于美术室的天花板里吧。"

"啊,的确如此。这样一来,瞳岛就要把校舍的天花板全都爬一遍了……"

不良学生用手遮住嘴说道——不,那并不是他经过认真考虑后得出的姿势,应该是用手遮住嘴边的笑意吧。

这算什么提案。

若团长听进去了,那可就糟了。

我当场加了一句注释："藏画地点不一定只有天花板！"

"你看，或许藏在地板下面呢！"

"从校舍的构造上来看，要做的事都是爬进去，没什么差别就是了。"

这倒也没错。

"确实，其他地方或许真的还藏有一批画布。只不过，指轮同学，'至少还有三十三张'的数字又是怎么得出来的？未免具体得有些离谱。"

虽然早知道会被无视掉。

在毫不气馁地重复尝试之中，被指轮同学所无视也逐渐变得有了乐趣，我是不是也正变得奇怪？

刚才那句连演说都算不上的低语，大概已经把他这次的发言力给耗尽了吧。

站在说书人的角度来说，真的很想尽早破除他这种在一部书中只说两句话的束缚。

"三十三张……你刚才是说'至少还有三十三张'对吧？那么创作，最多该有多少张？"

对于同级生美腿同学的质问，天才少年仍未作答，但他那张除了面无表情还是面无表情的脸，在无言中似乎有了某种反应，接收到这点的团长立刻代为说明：

"创作说，'对于上限毫无头绪'。"

"可能是上百张，也有可能是上千张。"

上千张！

岂止是夸张，这个数字让人觉得匪夷所思，但天才少年却不露半分笑意——看样子是认真的推理。

"感觉上……好像只给我们听了结论嘛。你有什么证据？有什么让你想到发现的画布不是全部的东西？"

"不，创作好像并没有发现什么证据。应该是美术创作根据直觉而做出的推理——所以目前只能言尽于此。"

如此，双头院将天才少年从不良学生的质问风暴中保护了下来。

这样一来，团长不像是翻译，反倒像是艺术家的代言人了。

到底是个什么样的团长啊。

我所发表的推理是"把看到的东西原样画下来"，真的要说的话，指轮同学或许就是"把想到的事原原本本说出来"——不愧是艺术家。

　　说老实话，要是再好好总结一下，说出更能成立的推理来就好了……算了，或许就是因为做不到，他才会成为艺术家的。

　　将那番推理再度检查一遍发现，天才少年的推理对双头院提出的谜题——为何没包括《蒙娜丽莎》——进行了顺利的说明，但对于所有人都在思考的谜题，却没作出任何的说明。

　　换言之，"作者为什么要画这些图"的谜题，被他完全放置在了一边。

　　对于这点天才少年到底是怎么思考的，真的很想听他说说看，但我绝不会做无用功——继续沉沦在这种"被低年级学生无视"的游戏之中可就不妙了。

　　直接切换人物，这次就来听听咲口前辈的推理吧——就算心不在焉，他仍然能够紧紧抓住重点，不愧是演说高手。

　　我是这么想的，但他那张愁眉苦脸的面孔，怎么看都没有"做好了充分准备"的感觉。

　　"嗯，对了，轮到我了是吗？该从何说起呢——对了，从结论说起，从天花板里发现的这批绘画的作者，我已将其成功锁定。"

假如我正在喝红茶，哪怕是根据我的口味而特别调配的，肯定也一口喷出来了——前辈的发言就是这么具备爆炸性。

锁定作者了？

这样一来，不就等于解开了谜题？

虽然说得很干脆，但这就 Q.E.D.[1] 了？

然而，咲口前辈的表情中却带着忧郁，着实不带分毫解答出真相的名侦探所应有的风情。

"作者名叫永久井声子，曾是在这所学校任教的美术老师。"

---

1 拉丁片语"quod erat demonstrandum"的缩写，意为"证明完毕"。

13. 永久并声子

美术老师。

这似乎真是一个盲点，但这么一说，解答也就显而易见了——在昨天提出"不是学生作品"的假说之后，就该立刻想到这一点的。

能够在美术室的天花板里隐藏画布的人，肯定是美术室的相关联者，这本来该是理所当然之事。

既然如此，只要像咲口前辈这般从学校方面着手，锁定作者身份也就理所当然了。

既然如此，目前为止持续不休的舌战或头脑风暴，到底都是为了什么……模仿"黑鳏夫俱乐部"[1]的争论也变得毫无意义。

---

1 指艾萨克·阿西莫夫（Isaac Asimov）所著"Tales of the Black Widowers"系列。律师、密码专家、作家、化学家、画家、数学家六人组成的"黑鳏夫俱乐部"，外加一名服务员，每月一次在"米兰餐厅"举行晚宴，宴会上每次都会推出推理的话题，成员们各自发挥业余侦探能力进行解答。

话说回来，黑鳎夫俱乐部虽说不是少年侦探团，却是个禁止女性加入的俱乐部——我想着那些看似有关实则无关的事，原来如此，难怪咲口前辈一直摆出忧郁的模样，我明白了。

说得极端一些，在这种越是荒唐无稽就越能得到好评，美丽的滋味优先于真实味道的推理大战之中，现实得有个限度，如果只是本本分分推理的话，恐怕在这场推理大战中难以立足。

到此刻为止，对方究竟是以什么样的心情听取全体成员的推理的呢？想到这里，我已经大致察觉到了那种心情——所以他才会心不在焉。

我是这么想的，学生会会长似乎并不怯场，但也完全没有因为用"美声"说出了"解答"就放松的感觉。

到底怎么回事？

"这个嘛，瞳岛，虽说判定了作者的身份，但还是没搞懂作者创作那些画的目的是什么——就算锁定了作者，这点仍然没能得到解答。"

"是这样没错，但这种事，只要去职员办公室问一下……"

不对。

咲口前辈说的是"曾是"。

永久井声子曾是在这所学校任教的美术教师——从这种说法来看，不可能现在仍在这里工作。

之前说过好几次了。

艺术类的课程早已从指轮学园中剔除了——所以美术室才会变成无人教室，所以才会被美少年侦探团这帮奇怪的家伙占据。

"喂喂，说到'曾是'，到底是多久前的'曾是'？"

面对美腿同学的提问，咲口前辈直截了当地说"七年前"——以边思索边回答的风格。

接下去应该发表的内容——也就是"主题"——该如何进行汇报呢，前辈看上去似乎是为此而分心了。

"七年前啊。那时长广的未婚妻还没出生吧。"

"话是没错，但真有必要在此加上这种评论吗？"

尽管在思考，吐槽似乎还是十分认真——话说，咲口前辈的小未婚妻还不满七岁？

真想立刻解决这边的问题啊……

"我自然不必说，就连年级最高的长广，都想不到作者竟然是素不相识的老师——那么这样一来，哪怕听到这点，也不会有什么特别的感想，因为就连对方是什么样的人都不清楚。"

说到"是什么样的人"，当然就是把人物从名画上抹掉的人啊——能够画出这般的作品，身为美术教师与画家，那人的能力毋庸置疑，但肯定也是个怪人。

这也罢了，身为初二学生的我，当然也不认识那位老师——就算不是七岁之龄、只是小学五年级学生的双头院就更不必说了。

"原来如此！也就是说，距今七年前，当美术课程从我们学园被剔除时，那位永久井老师也被开除了！"

双头院元气满满地说道。

这番经过洞察而说出的话罕见地正确，但能不能尽量别用这种语调说出成人被供职所在地给炒鱿鱼的事？

"被开除的时候，把那些画布塞进了天花板里？"

我也发挥起洞察力，并望向天花板上的洞。

从那种位置拆下顶板，若不是非要画天顶画根本不会有人发现；然而，可以被视为美术室主人的美术老师，掌握了天花板的情况也没什么可奇怪的——或者说，就是永久井老师本人安装了那扇暗门。

在离开学校之际不知该如何处理大量的画布，于是便悄悄藏在了看不到的地方——作为有判断力的成人，这种行动放到现在当然不值得赞许；不过或许有人真的会这么做吧。

若看作被炒鱿鱼后的报复行为，可能性好像就更大了——虽然称不上是什么美丽的解答。

"不过咲口前辈，从前有这样一个老师在这里工作过的事，确实调查一下就能弄清，但为什么连那位老师就是作者的事都能查清？东西是被藏在美术室的天花板里的，美术老师会被怀疑也不奇怪，但没有证据啊！"

三十三张画布上都没有签名，这也是不可动摇的事实——就连姓名首字母都没有。

说永久井老师画了那些画，单凭她是美术教师这一点是无法断定的。

"嗯，就连间接证据都没有——有的只是传闻证据。"

"传闻证据？"

"这是我委婉地拜托在学生会关照过我的老师们调查出来的结果，只不过……"

怎么回事？

对于美声长广来说，这种回答未免太过不着边际。

不，应该不是咲口前辈的回答，而是"老师们"的回答就是这个样子的吧？

这也没办法，毕竟都是七年前的事了。

然而，为何咲口前辈能从不着边际的传闻证据之中断定作者是谁——还是说，永久井老师在教职员工中是七年里持续流传的传说般的存在？

"嗯，这个，她好像真是名人。"

咲口前辈没能清晰地说明传闻究竟到了何种程度——当然声音还是相当清晰。不过，"永久井声子"这种颇具特征的名字，我似乎对其也有印象。

在我入学的时候，这位老师早已不在这个学园，若真有印象，莫非是在校外听到的——并非听闻过其教师之名，而是听说过她身为画家的名头？

"不，不是这样的，瞳岛。不是'听说'，而是'眼熟'——我也觉得永久井这个名字似乎在哪儿见过，竟然就在学校内部。"

不是校外——不良学生如此表示。

"你看，讲堂里不是到处装饰了绘画吗？那些画的作者，不就是永久井声子？"

这么一说，我立刻想起来了。

开学仪式与结业式、每周一的早会，或是学生大会……入学仪式与毕业典礼等，总之学园的活动都会在指轮学园引以为傲的功能性讲堂举办。

讲堂的墙面上，确实展示有巨幅绘画。

虽说记得不是很清楚，但那些绘画下方应该有记载了作品名和作者名的名牌——若不良学生的记忆可信，那里莫非就写着"永久井声子"？

"但真是出乎意料，不良学生居然知道讲堂的存在……"

"瞳岛，要不要再来一杯红茶？"

就在不良学生打算毒杀我的当口，咲口前辈说着"唔，讲堂是吗"便颔首从沙发上站起身来。

"那里的作品到底是不是永久井老师在校任职期间所画的——对啊，好了，我们去那幅画前继续谈话吧。"

14. 讲堂中的讲堂

"啊，原来这是幅画。我一直认定它是壁纸来着。"

美腿同学的言论，可以说是如实地描述了这幅画的尺寸吧——虽说外行也不该说这种蠢话，但要说尺寸，大概有一千号或者两千号那么大吧？[1]

存在感实在过于强烈，反倒融入了周边环境之中。

事实上，之前在讲堂举行活动的时候，我都没特别留意过这幅画。

原来是绘画啊——大家都会有这种想法。

但是，怎么说呢，实际站在面前这么一看，尺寸的事暂且不论，这还真是一幅奇怪的绘画。

与之前那三十三张绘画的"违和感"与"缺失感"不同，这是更为具体的"奇怪的绘画"。

---

1 常见日本绘画标准尺寸一般最大为500号，500号的风景画尺寸大约为 333.3 cm×218.2 cm，这里提到一千号和两千号，大概是极言其尺寸之大。

绘画正下方——极其醒目的位置——那张名牌上，确实标记了作者名为"永久井声子"，而在姓名上端所写的作品名，则将绘画的奇妙之处表现得淋漓尽致。

《讲堂中的讲堂》。

如名称所示，这幅画描绘的是讲堂——正是这座讲堂。

并非外侧，而是我们身处的讲堂内侧的画面——感觉上与其说像套娃，更像是在照镜子。

当然，绘画中的讲堂内也悬挂了尺寸巨大的绘画，其中描绘的还是讲堂——即便是绘画的绘画之中，讲堂内部都画得无比清晰，根本就是无限循环。

"讲堂中的讲堂中的讲堂中的讲堂中的讲堂中的讲堂中的讲堂中的讲堂中的……"

双头院仰望着巨大的绘画，并如此低喃——似乎乐在其中。

嗯，我们这些在校生看这幅画早就司空见惯，但小学生的双头院则是初次见识，或许他正带着新鲜的感觉在看。

创作这幅绘画的，正是永久井老师。

虽说纵横有别，但从尺寸上来说，莫非跟天才少年预备创作的天顶画相同大小——关于这点，真的很想听听天才少年的感想，但站在团长身边，与团长一同仰望绘画的他，看不出半分感情从表情中浮现。

"实在太大了，在想到'画得真好''好赞'之前，首先想到的应该是'好厉害'。"

以上是不良学生的感想。

应该不是现在才有的感想，而是很早之前就有这样的评价了吧——当然，光是能创作出这种尺寸的绘画，作者有技术底子这点首先是不会错的。

然而跟在天花板发现的三十三张画不同的是，这幅画并没有参考知名作品（且只有一张——哪怕再巨大也就是一张）。

当然，绝对不可能有名留青史的伟大画家在过去造访指轮学园，用画笔描绘出讲堂这种事发生——指轮学园的历史绝对没有这么古老，即使不是这样，在看到这幅巨型绘画的时候，大家也产生不了"啊，笔触跟那三十三张画有共同之处"的想法。

"话说回来，双头院，你是不是说过那三十三张画在笔触上有共同的习惯？怎么样？这幅《讲堂中的讲堂》上有没有同样的东西？"

"咦？我说过这种话吗？什么时候？在哪儿？地球转第几圈的时候？"

一脸茫然状。

哎呀呀，虽然他一脸茫然，搞得像我误会了他一样，但他真的说过。正是以他的这番评价为其中的一个基准，我们才组织了推理活动。

不要推翻这个前提啊！

这种时候，也只有依赖咲口前辈了。

我们的学生会会长，咲口长广。

之前的话题应该还没说完——为什么能够这么断定，永久井老师就是那三十三张绘画的作者？

"倒也没到断定的程度。说到底，只是以传闻证据为基础，能够推定个八九不离十而已。"

"别在那儿装模作样了，长广。什么'推定'，刚才你明明就说过'断定'。虽然不知道你还在迷惑点什么，但再这样唠唠叨叨下去，长广的未婚妻都要长大啰。"

"飙太，请不要开玩笑。而且，被父母擅自决定的未婚妻，她的年龄增长这种事，并不值得高兴。"

明明就很高兴。

然而，在美腿同学的一番催促之下，咲口前辈似乎也下定了决心。

"各位请安静，请听我一言。"

他如此说道——以优美的声音。

15. 七年前的犯罪预告

"各位请安静，请听我一言。

"关于先前的嘴严，实在非常抱歉。我唯一的长处就是爱说话，现在却变成了这副模样，身为副团长，实在不好意思。

"不，飙太，有个小学生未婚妻并非我的第二长处。在我终于下定决心的时刻，还请你不要插话。

"不，事实上，关于此次事件，我也曾经犹豫过要不要将其偷偷藏在心底。

"身为指轮学园的学生会会长，是否应该做出挖掘学园的阴暗面这种事，此事不得不使我犹豫了一番。

"然而，既然事件的起因并不涉及身为学生会会长的咲口长广，而是涉及身为美少年侦探团副团长的咲口长广——美声长广——所参与的天顶画制作，我就无法如同贝类那般继续紧紧闭上嘴了。

"在此，请允许我严肃地报告调查结果。

"当然，调查的老师们比我的嘴更严——如果我不对此加以修饰而是把老师们的话原封不动地传达给大家，大家一定会觉得很烦闷。飙太说不定直接就听烦了要回去。

"这是因为，关键问题的那位美术教师——永久井声子除了是位名人，更是一个让大家闭口不言的人。

"即便七年前就已辞职，她的传闻仍在教职员工中流传，原因在于她是'传说中的老师'，而那些传说绝不会给人留下什么好印象。

"老师们都是成年人了，对于往事当然不可能恶狠狠地咒骂或者露骨地恶语相向——只是'闭口不言'而已——然而永久井老师，就是那种怪到想隐瞒都隐瞒不住的人。

"怪人。

"或者说奇怪的人比较恰当。

"从艺术家的角度去看，这或许也是挺正常的，但总而言之，她也确实是个有问题的美术教师——简称问题教师。

"她辞职的理由……若露骨而直截了当地说，她被炒鱿鱼的理由，当然是艺术类的课程从指轮学园中被剔除，但从另一个侧面来看，这不过就是个借口。

"'平常人做不来的事'，这种教训之辞放在教师身上，未免过于讽刺。

"若要举例说明这位老师的奇怪行为就是……

"比方说，未经学园的许可就举办写生大会，将整整一个班的学生集中起来，直接带到海外。

"任意改造校舍，比如在各种地方安装毫无意义的门，又反过来将教室的门窗全部拆除；制造没有任何意义的密室；把笔直的走廊改造成弯弯曲曲的迷宫。

"甚至亲自担任裸体模特，这当作她本人的轶事来说的话，还蛮可爱的。

"请不要单单对'裸体模特'几个字做出反应，飙太。接下去的话希望能让你冷静下来：她还有一条逸闻，就是让女生画游泳部男生的泳装图。

"看样子在她的理解之中，艺术与裸体是密不可分的——即便如此，有些事确实做得过火了。

"现如今自不必说，在七年前，也是不合规的行为。

"通常都会上报纸的那种。

"关于这点，学园方面似乎有所隐瞒，但总而言之，永久井老师似乎是个无政府主义者。

"即便是七年前美术课程没被取消，她也总有一天会收到劝退通知的。

"哪怕被逮捕也毫不奇怪的反社会人格——这里再说一遍，即便如此，身为艺术家的她似乎仍是一名颇受好评的老师。

"身为学校老师的同时，在画家的层面，她也是配得上'老师'这个称呼的人物——她原本就是凭借这份实绩，才会被指轮学园聘用的。

"而那位邀请她的猎头，好像没过多久就患上了神经衰弱——永久井声子在现代艺术世界之中，是十多岁就声名在外的怪物般的存在。

"赴任之后最初的工作，似乎就是制作这幅巨大的绘画——光是看着这幅作品，都足以感受到永久井老师的实力。

"赴任后的一个月内，她就在讲堂完成了这幅作品，看样子她从新人教师时代起就已经是个传说了。

"直到调查之前，我对这些情况都一无所知。虽然是现代艺术世界中的名人，她却不是那种会接受采访的艺术家。因此，她与大众知名度无缘，只是个圈内人才熟知的美术界新星。"

"该说是新星吗？"

"当她与我们同年龄的时候，似乎就被称为'黑洞'了——不，你错了，小满。

"我不是因为她是怪人，才把永久井声子认定为隐藏在天花板内绘画的作者的——当然，她是那种做出任何事都不必感到奇怪的人，而且她当时把那间美术室给搞得乱哄哄的也是事实。

"怎么了？瞳岛同学。

"关于'把美术室给搞得乱哄哄'这部分，你好像有什么想要说的……嗯，好吧。

"至少来说，在天花板上装门、让天花板内侧能够出入的改建行为，怎么看都像是她会做的事。

"只不过，假如永久井老师真如飙太或瞳岛同学所说的那般，有'那种倾向'的话，就根本不会做这些事。

"换言之，不论是不擅长描绘人物所以不去画人物，还是在鉴赏名画的时候能够透视人物之类的事，都是不

115

存在的。

"无论什么种类的绘画，她都能够自在描绘。

"同时具备相当水准的鉴赏力。

"嗯，所以可以说，不论是身为教师，还是身为艺术家，她都是位一流的人才——每个人都有适合与不适合的地方。

"因此，若要对现时现刻集齐的推理做出评价的话，小满的推理是最具真实意味的。

"……瞳岛同学，不管怎么样都没必要摆出那种脸色来吧。你平常到底是有多看不起小满啊？

"当然，这一切都是假定在'永久井老师是那些绘画的作者'这一基础上的——接下去要说明的，就是为何我会做出这种假定。

"七年之前。

"正是在美术课被取消的时候，发生过一场骚动。

"唔，是不是该说是时代的趋势，关于削减课程本身该如何评价，我们暂且不议。

"这事出于当时学园的方针，如今已尘埃落定——若当年美术课程没被取消，我们现在也不能用美术室充当事务所来使用，因此也不能随便乱说话。

"只不过……

"永久井老师似乎对此大加反对。

"意外吗？是啊，当时学园也很意外——据我所知，她完全不具备分毫身为教师的自觉。

"身为艺术家是有一定的口碑……她在艺术界可谓炙手可热，任谁也想不到她会因为被学园开除而表现出抵抗的意思。

"嗯，不过想当然耳，若说为所欲为，那还真是为所欲为——本来聘用了对方做老师，学园却出于自己的原因，要把对方辞退。一般来说是个普通人都会发怒的吧。

"只不过，永久井老师一点都不普通就是了。

"这本该是个结束与艺术活动完全无缘的教师生活的好机会——并非如此，她完全没有因为这种理所应当的理由而提出反抗。

"对于孩子们来说，美术是必不可少的。

"她好像强硬地提出了这样的主张。

"……虽然到底有几分真心很值得怀疑就是了。似乎是因为平常的行为过于恶劣，她所说的话完全不被信任。

"小满，还请你铭记在心。平常的所作所为，到关键时刻都是会起到作用的。

"那些爱搬弄是非的人之间有这样的传闻，说她好像是为了增加退职金之类的……毕竟，搞艺术很需要花钱的。

"然而，别说增加退职金，一开始校方好像就提出了要给对方大笔的退职金，但她的目的似乎完全不在于此。

"无论怎么劝解，永久井老师一步都不肯退让，孤身一人坚持着抵抗运动——到最后好像连胁迫性质的话都说出来了。

"胁迫性质的。

"或者应该说，就是胁迫。

"'孩子们不应该待在连美术都不被允许的学校。''因此，若这种决定事项到了最终执行的时候……'

"'我将对这所学校的学生，实施全员诱拐。'

"她似乎就是这么说的。

"不对。

"她似乎就是这样展开犯罪预告的。"

16. 被实行的"大诱拐"行动

"全……全员诱拐？"

我将咲口前辈的话重复了一边。

本以为重复一遍就能稍稍加以理解，但不知为何，这句话完全超出了我的理解范畴。

七年前的时候，指轮学园应该是大型学校吧。

对，虽然为当下日本的低出生率而忧心，但七年前的学生数量应该比现在多——进行全员诱拐什么的，在双方你来我往的论战中出现这种话未免也太夸张了。

"感觉就跟那个一样，就是，那个……吹笛子之类的家伙。"

不良学生又开始讲一些似是而非的知识。

唔……这种没教养的家伙的推理竟然是目前最保守的……

话说回来，咲口前辈不知为何没对之前赞誉有加的团长的推理做出任何评论（应该是能出人头地的），不过若永久井老师就是作者，那三十三张画当然不可能变成什么名画的根源。

仔细研究一下，就能发现这种假设实在是愚蠢透顶……幸好，团长对于自己发表了这种推理的事，似乎毫不在意。

然而，对于曾经存在于这所学园的怪人教师，团长似乎兴致盎然——光看就知道是多么兴高采烈地听着部下的报告。

咲口前辈所说的那位老师的奇怪行为，或许能够让他感同身受——也许是从中感受到了美学。

嗯，作为当年尚未入学的人，只要把那些事当作与己无关之事去听，大概就会有那种感受吧；而且，永久井老师那番"对于孩子们来说，美术是必不可少的"的主张，身为美少年侦探团的成员，我也不能对此加以否定。

……顺带一提，虽然解说来得有点晚，但不良学生先前所提的似是而非的知识，应该是指"哈默尔恩的吹笛人"。

虽然不是美术，而是隶属音乐范畴的童话故事，但是同为艺术——那是关于男子吹着笛子，将小镇的孩子们全员诱拐的故事。

听说那是改编自真实事件的童话……莫非是说，永久井老师也宣告了同样的"大诱拐"行动？

原来如此，是艺术家啊。

还真是符合艺术家的豪言壮语——只不过，若只是为了掩饰抵抗运动落幕而掷出的台词，就多少有些不服输的感觉。

办不到的犯罪预告。

连威胁都没构成。

最终就一笑置之了吧——我是这么想的，但咲口前辈则边说"关于这点"边摇了摇头。

"永久井老师实践了宣言的内容。"

她对全校学生实施了诱拐。

咲口前辈以沉重的口吻如此说着，并面向讲堂的墙壁。

墙壁上装饰着那幅巨大的绘画。

《讲堂中的讲堂》。

以此命名的绘画，作者名写着"永久井声子"。

嗯？为什么现在要把这幅画当成焦点？

不，归根结底，为何咲口前辈要在谈及永久井老师的时候，让大家移动到这幅画面前——只是为了对她的奇怪行为作出仔细说明的话，根本没必要特意变更场所吧？

美少年侦探团是秘密活动的组织（大概是因为"秘密"这种事本身就包含"美丽"这种美学吧），对于在美术室外惹眼地行动这种事，不是应该尽可能地避免吗？

目前讲堂中虽然没有外人，但若被人目击到学生会会长跟番长共同行动，明天绝对会冲上校报的头条——校报这种东西到底存不存在就不得而知了。

"原本，这幅绘画……"

像是要立刻回答我至今仍存疑的问题一般，咲口前辈说道：

"本来是要把学生大会时指轮学园初中部的全体学生都画上去的——然而七年前，画上的学生一个不剩，全被身为作者的永久井老师给诱拐走了。"

被描绘下来的无人讲堂。

与放学前的现状完全相同，无人的讲堂。

确实一个人都不剩。

17. 巨幅绘画的大型诱拐

原来如此——这就是传闻证据啊。

换言之，七年前离开学园的永久井老师有过这种"前科"——将绘画中的人"诱拐"的"前科"。

当然，还是有所不同的。

绘画尺寸的差异自不必说，若说有什么是与这场大型诱拐相关的，那就是作者不仅从过去的名画上将人物抹除，就连自己的作品中的人物也抹去了。

这种事说是"诱拐"，最多也就是种比喻——永久井老师的所作所为，简单来讲应该就是把画着全校学生开大会的那张《讲堂中的讲堂》，替换成抹除学生后讲堂空荡荡的这张吧。

虽说还有稍稍难以理解的地方，但这跟咲口前辈所说的一连串奇怪行为不同，是一种暗示性极强的行为。

是"将学生从敷衍对待美术课的学校中带走"这样的信息，还是尚有其他的含义，目前还无法确定。

总而言之……

犯罪预告算是达成了。

"说是暗示性，其实也有犯罪性。虽说是自己创作的，但未经许可把作为学校藏品的绘画替换掉，这跟把过去的名画一点点地做出改变并摹绘的性质不一样吧？"

不良学生如此评论。

不愧是他，对坏事知之甚详。

"也就是说，这件事成了直接原因，导致那位老师被炒鱿鱼？"

面对美腿同学的质问，咲口前辈给出了"不，并非如此"的否定答复。

"更严密地来说，这个替换事件没办法证明是永久井老师亲手做的。在判定绘画被替换的当口，她已经下落不明了。"

"下落不明？"

"没错，在绘画被替换之前，她狠狠甩在桌上的辞职信就已经被受理了……连退职金都没收下，就消失得无影无踪。"

没人知道她之后的行踪。

咲口前辈边摇头边如此说明。

在绘画中的全校学生"下落不明"之后，作者本人也跟着"下落不明"——居然这么奇妙。

"也就是说，她在辞去教师工作后，艺术家方面的活动也全都不做了？"

"就是这么回事——表面上是活动全部停止了，至于本人失踪的情况，好像没什么人知道。"

换言之，巨大绘画替换行动的幕后之人是永久井老师，并没有直接的证据——永久井老师或许是以本人失踪为借口，将罪责给推了出去。

然而考虑到当时的状况，很难想象除了永久井老师之外还有其他嫌疑人——即便没有犯罪预告，谁又有替换这幅绘画的必要？

"就算对于永久井老师来说，这样做也没有什么意义吧！"

美腿同学如此说。

"结果，这场替换行为也没能让学园把美术课保留下来？"

"没错。不仅如此，在永久井老师失踪后，艺术类的授课都被全面终止了。"

咲口前辈说完，团长跟着颔首：

"确实毫无意义。"

"只不过，正因为毫无意义才美丽——没有任何人实际遇害，在没给任何人造成麻烦的情况下完成对全校学生的诱拐，应该很难办到吧。"

他好像真的对此有所共鸣。

那并非单纯的恻隐之心，美学之学对美术老师有共鸣也是理所当然之事——不，这样说来，拥有更强烈的共鸣的，绝对不是美学之学。

该是美术创作吧？

如此想着，我不由得朝天才少年那边看过去。

始终保持沉静、在咲口前辈的发言之中让自己的气息完全消失——他到底在思考些什么？

就算认真打量他，也是跟平常一样毫无表情的一张脸，让人看也看不明白。

无论是身为美少年侦探团的成员还是一名艺术家，都不可能毫无察觉才对。

并且……

仔细想来，他是指轮学园的经营母公司指轮财团的继承人——也就是说，是开除了永久井老师的组织的继承人。

当然，以他的立场不应该感受到什么责任；但若说感受到某种类似因缘的东西呢？

"不过团长，实际受害或者困扰还是存在的吧？说是'替换'，但换一种说法，不就是盗窃绘画吗？"

不良学生的说法颇具现实意味。

嗯，这话也没错。

"就算七年前失踪了，如果学园这边报案，别说炒鱿鱼，说不定还会被逮捕吧？听刚才你说的那些话，这事好像是私下处理掉了的意思。"

"私下处理——就是这么回事。嗯，学园变更了课程，并且似乎是相当强硬地推进，所以也感到理不直气不壮吧。不仅限于指轮学园，学校组织的封闭状态，放在哪个时代都一样。"

咲口前辈的一番言论，大概是在为天才少年考虑吧——然而，无论多么封闭的组织，遭遇到这种程度的盗窃，应该还是会报案的吧。

莫非因为是作者本人作案，所以认为不可能被问罪？

"当然这也可能是一个理由——对于永久井老师的犯罪，当时的指轮学园不曾报案的最大理由是，这场大诱拐是一场不可能犯罪。"

"不可能犯罪？那个……不，是不是太夸张了？"

我忍不住冒出这句话。

若真的将全校学生都拐走，那就是货真价实的不可能犯罪；而永久井老师事实上所做的，只是单纯地替换掉了绘画——单纯地？

单纯地？

把这幅画给？

这幅——巨大的、一千号或两千号尺码级别的绘画？

至此，我终于想明白了咲口前辈为何一直郁郁寡欢——并不是因为若进行调查的话会挖出学园的阴暗面。

真正的原因在于：谜团本来应该解开了，可现在不仅没找到答案，反而发现了全新的谜题——与侦探行为完全相悖。

"咲口前辈。"

尽管如此，我却按捺不住，对他穷追不舍——

"比讲堂入口还要大的绘画，永久井老师到底要怎么进行替换？"

18. 瓶中船

比方说，瓶中船。

若问及怎样将比瓶口还大的帆船装入瓶中，唯一的答案就是将船体在分解状态下放进瓶子，再把镊子插进去，在瓶中进行组装——当然，永久井老师在描绘《讲堂中的讲堂》时肯定也这样做了。

把材料拆分带入，在讲堂之中从制作画布开始，逐步制作巨大的绘画——然而，同样的手法在替换画作的时候无法使用。

无论是多厉害的艺术家，带有犯罪性质的替换行为总不可能完全不被目击。

哪怕能够将零散的画布搬运进来，也不可能在讲堂中进行其他作业——在讲堂中制作如此巨大的绘画，不可能不被学园发现。

并且，这还是永久井老师在赴任之后立刻占据讲堂、耗时一个月才完成的巨大尺寸的绘画——若要完成替换，就必须在其他什么地方完成作品，然后再带入讲堂，然而一旦完工，绘画整体的尺寸就大大超过了讲堂入口，根本不可能带得进来。

不可能。

不可能犯罪。

虽说和传统的密室犯罪有所不同，却也是密室系的不可能犯罪——当时的指轮学园就算犹豫过要不要向警方通报，对犯罪手法也是搞不明白的。

"不，所以才说，她总不见得真的从画中将全校学生给诱拐跑了吧？"

不良学生如此表示，但搞不好学园这边真的考虑过这种可能性的存在呢。

这或许是在七年后的现如今，这幅画仍然挂在原地的理由——若非如此，那种问题教师所创作的绘画，根本不可能原样保留下来。

必须将画中被诱拐的全校学生能够返回的场所给留住——即便不是这种伤感主义的理由，纯粹因为"总感觉很瘆人"而无法对绘画加以处理也是实情。

这也没办法。

就连我都感觉有些瘆人。

只要想到入学之后一年多的时间，我都呆呆地看着面前这幅画，就感觉毛骨悚然——不过当然，这并非代表我全盘接受了"从画中将全校学生给诱拐走"这种荒唐无稽的说法。

然而……

对于这种荒唐无稽的说法全盘接受的人也是存在的。

"太美了！"

双头院大拍其手，并直接伸长双手，要求跟咲口前辈握手。

"实在太棒了不是吗，长广！原来如此，还真是煞有其事！竟然藏着如此美丽的秘密，我指名由你来担任副团长的判断真的没错！不不，如此美丽的推理，让人感觉这分明就是冲着团长的宝座而来的！"

"哈哈哈，您说什么呢，团长。冲着团长的宝座而来什么的……完……完全没这回事。绝对不可能。"

那又在动摇个什么劲呢？

不，就算如此，在团长的一番褒奖之下，咲口前辈似乎终于放松了心情。

对于双头院而言，谜题的增加或许更让他喜不自胜——不，既然是"侦探"，自然没什么事能比解开谜团更重要，但即便如此，只要增加的谜题足够美丽，就再也没有什么事比这更美好的了。

要我来说，这只能让事态变得更为混乱——正如咲口前辈所言，假设发现的那批绘画的作者真的是问题教师永久井声子的话，那么美少年侦探团全体成员所提出的推理岂不是全都没能命中目标吗？

哪怕不良学生提出的观点在现阶段来看是最好的一个，都不能保证完全正确。

"至少还有三十三张绘画"——这是天才少年的推理（正确说来，是团长代为传达的推测），但从永久井老师的轶事中，并没有哪点能够证明这点（从没有提及这些事，足以窥知咲口前辈对于权力者的顾虑）。

"假如能够直接跟永久井老师对话，就是最便捷的方式了。但行踪不明就没办法啦。作者跟绘画中的人物同样行踪不明……这么说来还真是颇有深意。"

美腿同学一副爱莫能助的样子——本就是更注重体魄而非头脑的他，对于美术就是个门外汉（裸女画除外），事情发展到这个地步，他根本就是手足无措。

不良学生就更不必说了。

然而，忽然干劲十足的团长却表示：

"向作者本人直接要答案，怎么能算是侦探该有的姿态！要我说，犯人的自白不能被当作证据！"

简直气宇轩昂。

说出来的内容十分胡扯就是了。

不，只不过，确实有许多不看重推理，直接看犯人自白的侦探，对于这类现象，这番话说得好——虽然在推理小说中是理所当然般的情节，但仔细想来，做这种事还是相当可怕的。

而团长毕竟是团长，还是用柔软的态度表示："当然，如果要对答案的话，听听永久井女士的话也不算什么草率行为。"

"长广，以你的行事风格，就算还没把人给找出来，应该也在调查永久井女士的下落了吧？什么时候能够找到？"

"什么时候能找到……嗯，继续调查确实在进行中，但状况大概会这样毫无头绪下去——我现在就连她是生是死都搞不清楚。"

非但行踪不明，而且生死未卜。

这也没办法，毕竟都失踪七年了。

就算对方仍然活着，那么久的时间过去了，失踪报告都足够换成死亡报告了——哪怕是有着莫大支持的学生会会长，想要调查校外的行踪不明者也绝非易事。

忽然。

沉默的天才少年举起手来。

只是"举手"，他什么都没说——虽然只是纯粹的举手动作，但连我都能从中读懂他的意图。

他这是在申请帮忙着手调查。

有了指轮同学，就相当于有了整个指轮财团的协助，调查必将无比顺利。

推理大战的形式已经崩溃，但这不重要了——谁都期望能够尽早将永久井老师找出来。

"只要有了创作的协助，情况明天早上应该就能查明了。"

后顾之忧得以解决，并且展望在即，咲口前辈又找回了自信，以天生的美声边说边颔首接受。

"嗯，那明天一早在这里集合。"

团长如此宣布。

他似乎是等不到明天放学后了——完全就是个小学生。

然而他却继续道：

"各位，在此之前务必要查明真相。这是作业。"

还真是个作业多过授业的侦探团。

提升拼图游戏难度的方法，不在于增加碎片的数量。无论碎片再怎么增加……五百片、一千片或者一万片都好，基本的玩法都没改变，说到底不过都是"时间的问题"罢了。宇航员（没错，就是我最近当作目标职业的那个宇航员）通过拼空白的拼图来考验集中力跟忍耐力，但那仍是一成不变的"时间的问题"。

如果想要用谁都能做到的简单方法来提升拼图的难度，只要把两幅拼图的碎片混在一起就好。

同时制作多个谜题。

这就不是花费时间的问题了，做起来相当费心——把看似相同其实完全不同的东西混在一起，简直是削弱神经。

双头院应该没有这个意思，但这次布置的作业确实有这种倾向。

三十三张画布上的人物全部消失的问题，和从学园讲堂内装饰的巨幅绘画中将全校学生给诱拐走的问题，形态相似，但从根本上说却是性质完全不同的问题。

只是表面相似罢了，真讨厌。

要在一晚上给两边的问题编出恰当的——真实意思是"恰当且美丽的"——解答，绝对是我不可能完成的任务。归根结底，就连今天提出的解答，我都无法挺胸抬头地保证是我自己的推理。

既然如此。

我是不是该再次借用"他"的智慧呢？

19. 密会

　　回家路上，我用尽办法，终于摆脱了准备像昨天一样送我回家的不良学生和美腿同学。

　　活动前还好说，在活动后的回家路上居然还在图谋逃亡，恐怕就连他们都没预料到——我借口去洗手间得到了单独行动的机会，然后从三楼的窗口端庄地钻了出去。

　　全方位的逃跑计划是对抗美腿同学脚力的有效对策，这是我自己的想法——并且，就算没追上，想到他们两个"最后的对策就是埋伏在校门口等待"这种大意的念头，于是我便上演了这场翻墙的杂技。

　　成功！

　　这次真的自由了！

　　成功摆脱了那些高高在上的美少年！

　　……尽管在喜悦之中迷失了目的，但这场乍看之下只是意气用事、毫无意义可言的逃亡，背后其实有着明确的理由。

今天回家之前，我有个非去不可的地方，并且不能把美少年侦探团的成员一同带去，所以非常有必要瞒过充当护卫的他们。

嗯，至于过去的两次未遂的逃亡，确实没有任何理由，只是以逃亡为目的的逃亡——我为了这第三次脱逃剧的最终成功而飘飘然地心情大好。

从画布上逃脱的人们大概也是这种心境吧——不，这只是个有点空想性质的说法。被诱拐的全校学生怎么会有如此愉快的心情？

我的目的地是某个公交车站——且非距离指轮学园最近的车站。

那个车站，地处指轮学园与跟指轮学园在传统上呈对立状态的发饰中学的中间地点。

两家学校在过去曾发生过诸多纠纷，结果这个公交车站就成了不似中间地点的中间地点——无论学校还是公交车站，都可以说颇具历史。

嗯，就算对立，规则也是必要的。

就如同战争也有其规则一样，关于这点，还是充当成人模样解说一下吧——身为"少年"，这样做是不合适的，但不管怎么说，指轮学园的学生和发饰中学的学生若想要碰头，可选择的场地之一就是这个公交车站的长椅。

对于双方而言，这里是个公平的场所。

话虽如此，其实我跟"他"是绝对不能碰头的——然而"他"却表示：

"我会自作主张地等你，你不想来也无所谓。"

竟然说出这种让人神魂颠倒的话来。

你不想来也无所谓。

哦，这家伙还真懂我的心思！

不让去还非去不可、让去反倒不想去了，他这样说确实能够召唤我，为什么"他"会知道我的毛病呢？

被说"不想来也无所谓"，我还非去不可了。

不去不行。

总而言之，在甩掉护卫并到达公交车站的长椅时，如同先前预告的那般，"他"——札规同学正坐在长椅上。

札规谎。

近日来才跟美少年侦探团对决过一场的、发饰中学的学生会会长。

20. 关于札规谎

提到咲口长广，光说他是指轮学园的学生会会长是十分不充分的；与此同理，在提到札规谎时，光说他是发饰中学的学生会会长也同样不充分。

与我同龄的札规同学，身为学生会会长的同时还是商人、制片人、创业者、投资家、总经理、活动家，并且最重要的，还是个花花公子。

出乎意料的是，我们美少年侦探团被牵扯进了他在学校体育馆深夜经营的赌场，这是他所运作的诸多项目之一。

这是个与真正的犯罪集团有着强关联、压倒性的危险人物——从其温文尔雅的举止来看，很难预测到这种风险。

哪怕是作为侦探活动的一环，我这种小市民都不该跟他扯上任何关系。为了今后不再与其产生任何关联，咲口前辈才分配给我一部手机，但这种防护壁垒在花花公子面前形同虚设——由于手机有来电功能，防范工具反倒被犯罪分子给有效地加以利用了。

被摆了一道。

至于为何札规会知道只有美少年侦探团的成员才知道的电话号码，就算深入考察也毫无意义可言——无论他是通过什么途径得到的，总之他都是一个深不可测的男子。

并且他只是初二学生，这更让人恐慌不已。

话虽如此，不过就是一个电话。

哪怕来电，只要立刻掐断通话就能解决问题——无论有没有被叫出去或者有没有说过想要碰头，只要一概无视就没问题了。

他没采取直接靠近的方式，并且提前和我预约，证明他有自己的立场，他对美少年侦探团的成员们保持着警戒，因此只要我采取强硬的姿态，就不会存在任何问题。

"其实，我有东西想要还给瞳岛。"

昨晚，他厚颜无耻地如此说。

"应该说，是瞳岛该还给我的东西吧——那个，我掉的钱，不是被瞳岛捡到的吗？"

对方究竟想要说什么，我立刻就明白了。

不，这也是我十分担心的问题——详述就此省略，总之他掉落的百万日元整钞曾被我捡到，那正是侦探团与花花公子开启战争的开端。

当时，札规把那笔钱的一成——十万日元——给了我，为了退还这笔不该收下的"陷阱"，我们在深夜大胆无畏地潜入了发饰中学。

在此之后，事件经过两三次转折，十万日元中的六万成功返还，其余四万日元在匆忙中没能退还，就此留在了我的钱包中——札规所指的"返还"正是这笔钱。

事到如今才来说这个？

"只不过，那个也算是犯罪的证据。既然赌场都关闭了，还是希望能够回收。"

听上去很合理，其实不过是个借口——想要把他撒出去的"犯罪的物证"给一张不剩地全部回收，根本就是个不可能完成的现实问题；况且，他所建立起来的商业基础，根本不是这种程度的证据能够动摇的。

他之所以跟我会面，肯定还有其他什么理由——虽然尚不清楚是什么，但以扩大发饰中学的势力为目的的他，应该不会轻易回应指轮学园的学生才对。

虽说不幸，但我不能不作出回应——不，虽然如上所述，在对方表示"不想来也无所谓"之后便非去不可确实是一个原因，但我又不是笨蛋（不是笨蛋），才不会因为这种理由，不惜甩掉护卫也要回应他的邀约。

剩余的那四万日元的纸币确实还在我手上，但这种东西，只要想丢就可以丢掉——既然赌场已关闭，别说什么物证，根本就是没有任何用途的纸片。

但我还是必须跟对方会面。

必须跟札规谎会面，并听他说某些事——这里再次省略详情，总之是与他所运营的赌场中发生的不正当行为有关。

不正当行为。

嗯，初中生在日本国内运营赌场这种事，本身就不正当得过了头，而他却在那种地方进行更加不正当的行为。

或许应该说他是在"操纵"不正当的行为才对——简而言之，他让身着"看不见的衣服"的从业人员在大厅内暗中活动，使得赌场的收益获得飞跃性的提升。

他的目的并非将客人卷入事态，似乎是为"看不见的衣服"做实验——这种存在偶然被我的视力所看破。

美少年侦探团成员，美观眉美的初次勘破。

多么值得自豪。

不，说是值得自豪，或许"羞耻"更能体现我当时的心情（那天我没穿男装，而是打扮成兔女郎）——而在事件的数日之后，我忽然发觉了一件想不留意都不成的事。

身为美观眉美，我确实拥有"好得过分的视力"——因此才能目击到如同穿着天狗的隐身蓑衣 [1] 那般穿着"看不见的衣服"的札规的助手。

我看破了通过手势向札规传达对战对手底牌的黑子 [2] 的存在——这件事本身，嗯，只能说是理所当然的事情就那样理所当然地发生了。

1　日本民间神话中记载，有一种名为天狗的妖怪，它随身携带的蓑衣有隐身功能。
2　"黑子"在日语中有"歌舞伎表演中身穿全黑衣服、负责搬动舞台道具和配合表演的人员"的意思。

可那又是怎么回事？札规到底是怎样掌握助手的动态的？

我是指身着"看不见的衣服"的黑子的信号。

无论再怎么定睛注目，对方的姿态都应该看不见才对——既然如此，无论助手如何传达手势，都应该是传达不出去的。

好奇怪。

太矛盾了。

所谓"怀疑自己的眼睛"指的就是这件事。

若这是一本已完结的推理小说，那就不得不指出，这是身为推理作家不该有的愚蠢漏洞。现在可不是不正经地吐槽《佛兰德斯的狗》的主人公，也就是少年尼洛行动原理的时候——只不过，身为美少年侦探团的团员，我此刻该做的应是如同天才少年那般的美丽解释吧。是时候让对方见识一下和成人不同的少年的气质了。

从结果来判断，札规确实接收到了身穿"看不见的衣服"、如同不可见的存在般的助手所发出的信号了。

这样一来，只能解释为他能够看见黑子了——既然如此，某项推理就能够成立。

无论再怎么不可能，从理论上来说，这也是唯一的解答，是"真实"本身——也就是说……

札规谎也一样。

莫非他也拥有如同我这般的视力。

既然如此，哪怕排除万难、哪怕甩掉同伴，我都不得不去跟札规见上一面。

21. 密会 2

"不，我的视力极其平凡。左右眼都在 2.0，无法对物体进行透视，也看不到不可能看见的东西。"

很抱歉，辜负了你的期待。

札规恭而敬之地垂下头去。

虽然低头致意，却半带笑意。

大概是觉得我牵强附会的推理很好笑吧——唔，被人给看扁了。

无论在美术室还是公交车站都被人给看扁了。

是我误会了？

然而，他确实能够看见身穿"看不见的衣服"的黑子，这明明就是真的。

"不不，请你试着思考一下。假如我真的拥有这种特别的视力，就没有理由再让穿着'看不见的衣服'的助手站在对手的背后了——根本没必要那样，直接透视对手的底牌就行了。"

"唔……"

也有道理。

好险好险。

为了掩饰矛盾，而制造出更大的矛盾。

"我的所作所为，无需通过透视就能完成——我不像你们这般以才能为基础，不过就是个依赖道具的狡猾鬼而已。"

说着，札规从学生制服的口袋中取出隐形眼镜的盒子。

"'看不见的衣服'其实是'透视镜'。在决胜负的时候用到了这个。"

"啊……原来如此。"

虽说这番解答让人扫兴，却是合理的——哪怕"看不见的衣服"真的被实用化，若使用该技术的那一方都无法掌握，本身就没有穿着的必要性。与"看不见"技术同时进行试验的还有"能够看见"的技术，这才是自然的开发流程。

隐形技术的开发与雷达技术的开发，其实是表里一体的。

雷达什么的暂且不论，对于咲口前辈等人来说，这或许只是不言自明的道理，但为了我的名誉着想，他们就当作没看见——正如字面意义所示。

"当然，瞳岛的视力是我所遥不可及的。"

无比谦逊地如此表示着的札规应该确实没有特殊视力，只不过，从他特意把隐形眼镜盒给带出来的举动来看，我不谨慎地答应了他的召唤的理由，似乎是被看破了。

有了这种洞察力，确实也不再需要什么特殊视力了——我不禁有些沮丧。

沮丧？啊，没错，就是沮丧。

我到底在期待些什么啊——莫非期待某个人的存在，能够与我共享除我之外谁都看不见的那个世界？

正如不良学生所言，世上不可能有那么多拥有我这般视力的人存在，道理我都懂——即便如此，还是希望有那么一个人，能够看到我所看到的同一颗星星。

真的希望有这么一个人。

"辜负了你的期待，真的很抱歉。"

札规重复说道。

这次，他收敛起了半带笑意的表情。

"没关系。本来就不该对此抱有期待的……只要能够解开疑问就足够了。"

当然，我也不能全盘接受他那番无懈可击的解答。关于札规"不可视"相关的不可错过的谜团，其他还有很多——他也不可能全都告诉我。

这也无所谓了。

这场密会并非以美少年侦探团成员的身份进行的，而是瞳岛眉美的独立活动。

独立。

无法跟任何人共有视界、独自一人的活动。

"话说回来，我的建议派上用场了吗？"

札规将话题一变。

就连这种方面都很圆滑周到。

不愧是竞争对手，跟咲口前辈的主持功力有一拼。

"派上用场……虽然说不上，也没让我出丑就是了，谢谢。"

我真的很不擅长道谢。

只不过，感谢的心意是不掺假的。

昨晚在电话中接受邀约的时候，我曾委婉地表示，想要找札规同学商量"作业"相关事宜。

"虽说是假设，我只是打比方，万一你们学校美术室的天花板里出现了这样那样的三十三张绘画，你能想到什么样的理由？"这番问话真的非常自然又若无其事。

随后，我得到的正是在发表会上公开发表的那通解释——与其说是建议，更像是得到了一通指导。

虽然从结局来看并非正解，也总比什么都发表不出来的结果要强。

"是吗？遗憾至极。果然我不适合做侦探。"

札规一耸肩膀，一副犯罪者的模样。

并且根本没有"很遗憾"的样子。

或者说，现在回想起来，他通过电话作出那种与"视力"相关的推理，莫非是为了像现在这样把我喊出来的行为做伏线，这样好像也能解释得通——只要提及与"视力"相关的各种事，就能让我联想到"莫非札规也拥有特殊视力"。

真的非常自然而又若无其事。

或许只是我的胡乱推测罢了。

至少刚才的第二次谢罪是否出自本心，让我不由得思索。

"不过，昨晚听闻的那些愉快的话语，才过了一天竟然发展成全校学生的诱拐事件，真让人吃惊。指轮学园还真是波澜万丈，衷心祝贺。"

"啊，不不，当然那只是'假设、打比方说、万一'的话题哦。永久井声子老师事实上并不存在。"

我敷衍地说道。

虽说美少年侦探团没有保守秘密的义务（当然对于委托人是有这种义务的），但把活动内容一五一十地告诉对立中学的学生会会长，当然算不上什么值得赞誉的行为。

如果顺利的话，今天的家庭作业都没打算让他帮忙。

虽说没这种企图，但札规却开口道：

"嗯，这样一来，结果还是变成了'真正重要的东西眼睛是看不见的'这个答案了吧。"

照例还是只得到了引用圣埃克苏佩里名言的回答。

既然都把我给顺利叫出来了，他似乎不会再跟我商量了——在这方面，他既是花花公子，同时还是名经营者。

完全是商业性质的。

真正重要的东西眼睛是看不见的，是吗？

那么，对于能够徒劳地看到许多东西的我来说，重要的东西难道比其他人要少吗——永久井老师又是怎么样的呢？

她能够看到些什么？

她不能看到的又是些什么呢？

22. 密会 3

　　我惦念的事（这里是不是应该老实说是"愿望"呢，虽说是个空虚的愿望）以落空终结，但无论如何，还是把当做借口的那件事也解决掉吧。我仪式性地将装在信封里的四张纸币递给札规。

　　"非常感谢。信封真可爱。"

　　女性魅力被称赞了。

　　真是圆滑啊。

　　只不过，称赞男装打扮的女生的女性魅力，也不会有任何结果哦？

　　"这样就不必捆绳子了，真帮上了大忙。"

　　居然说出这种话。

　　真弄不清他到底有几分是认真的。

　　这跟平常认真的团长大不相同——倒也说不出哪种方式更好就是了。

　　无论如何，这下弄清了札规能够目视"看不见的衣服"的理由；当初的目的，即"返还遗失物"宣告成功；
上回事件遗留的残渣也收拾干净了——"欺诈师、空气
男与美少年"事件算是彻底解决。

然而即便如此，还是不能不考虑那些遗留问题。

"……这样一来，难道要特意从大家手中回收纸币？
札规同学本人亲自去收？"

"并不一定非要如此。我校值得为之而自豪的人才
众多——所有人团结一致，力图将罪恶的隐蔽工作做
到底。"

这就是所谓对顾客的售后服务吧。

札规竟然能够说出这种话。

所谓的人才，大概就是以在赌场工作的兔女郎为代
表的人物吧——口气听上去虽然轻松，但他为自己学校
的学生们感到自豪之事是真实无误的。

虽说"罪恶的隐蔽工作"这种事没法接受。

这是能够用"团结一致"来形容的事吗？

不过嘛，就算加以指摘，都是往米糠里戳钉子，白
费力气罢了——反正美少年侦探团也不是什么合法的执
行机关。

"只不过，从瞳岛手里回收，我认为有必要由我直接执行。"

"直接执行……为什么？"

"你觉得是为什么？"

虽说不喜欢这种质问反被质问的事（我对于多数的事都不喜欢），但不可思议的是，也没有讨厌的感觉。

所以我选择回答对方的反质问，带着挑衅的态度：

"反正都是借口吧？就像我选择见札规，是有事要确认这样……"

视力。

对于对方或许跟我拥有同样的视界这事，我十分期待。

"札规也是，跟我密会其实另有目的吧？能够实话实说吗？"

我的一番言论，令札规眯起了眼睛。

"你错了。"

他如此说。

咦？

大家都是没安好心的人，我不过用洒脱的方式回复了一句，结果不对？

这么说来，札规只是单纯来回收我没有返还的纸币的？

"那个……真的没其他什么事？"

"没有。"

"完全没有？"

"完全没有。"

"一件都没有？"

"一件都没有。"

札规笑眯眯地说道。

咦？

既然如此，这件事也交给值得夸赞的部下去做不就好了？比如那个相信我是男生的兔女郎……不，假如是那孩子，无论对方多么巧舌如簧地让我前来赴约，我都不会来见对方的。

"仅限于你，我直接来赴约的理由，单纯只是想见瞳岛而已。完全没有其他理由。"

所以才说，"希望返还纸币"这种话，说是借口还真是借口呢——札规再度补充道。

一番话实在太过爽直，一不当心就给听漏了。

为什么？就因为想见我？

"……想要见我的话，像之前那样埋伏不就好了吗？完全不必用这种方式来见面。"

"因为我想要跟你见面。"

"……？"

更搞不懂了。

虽说种类完全不同，但就这方面而言，这个花花公子跟美少年侦探团的成员有相似之处——而在要领方面，札规甚至略胜一筹。

他似乎是见不得我的混乱模样，于是用一种容易理解的方式说道：

"嗯，对我这种投资家来说，用这种方式跟别人会面，本身就像是工作一样。"

原来如此，这我就懂了。

即便没有任何目的或具体的计划，定期见面、碰头对于商务人士来说，必定是一种关系到将来的播种行为。

"也就是说，札规是要买下我的视力，所以才会以这种方式来跟我见面？"

"你想要这样理解也无所谓。纯粹只是投资家来跟透视者会面而已——至少今天是这样。"

真是话中有话。

不愧是做过实验的，关于透视的笑话储备量好像还挺多。

"所以瞳岛，我的目的可以说已经完美达成——今后也能像现在这样，偶尔碰个头的话，我会很高兴的。"

"那……这又该怎么说呢……"

我畏缩不前地回答道。

虽然有点迟，但手头剩余的纸币我都归还了，札规的视力纯属平常一事也弄清了，我再也没有跟札规会面的理由了。

既然如此，就该更加干脆地加以拒绝才对，我为什么还要说出"嗯，如果我心血来潮的话"这种暧昧的话啊？

本来还担心札规会因我这种不诚实的态度而生气。

"那倒无所谓。"

他却这样点了点头。

"说明白点，你连今天都不该来这里的。"

"……"

搞什么？难道又想要牵制我的行动，把我骗过去吗？一旦被说"不来也无所谓"就必定会前来——他到底想对这样的我使用多少次同样的手段？

"你都没想过吗？甩掉美少年侦探团成员的护卫，跑来跟对立学校学生会的最高领导人会面这种事，对于他们来说或许是背叛行为。"

语调虽然稳当，但说着恳切话语的札规，语调又像是在说教。

"对你来说，比起不得不小心翼翼相处的同伴，跟不必保持良好关系的敌人谈话大概更轻松。只不过，把你……盯上你的'视力'的人，可不止是我们而已。"

这话倒也没错。

对于前半部分的内容我无话可说，后半部分也是如此——那个"二十人"组织不知什么时候就会出现在我的面前。

对我而言，无论有多么迫切的理由，都不该做出把护卫给甩掉这种行为。

只不过……

该反省的时候自然会好好反省——即便如此，我还是必须纠正札规的一个错误。

"对于那些人，我没把他们当作是'不得不小心翼翼相处的同伴'。小心翼翼这种事是我最不想要的。想去就去，想逃就逃，想说就说，想见谁就见谁——看得到的东西就说看得到。在那些人面前，我只要做自己就好。"

没必要在他们面前小心翼翼。

再也不必小心翼翼地相处。

这些也是我一直以来所憧憬的——美少年侦探团正是那个相当接近理想的团体。

"那还真是失礼了。"

言毕，札规从长椅上站起来。

在收到了一通情绪性的反驳之后，这回他总该发怒了吧，但他只是在看到了靠近的巴士的前灯才站起身来——似乎他的目的当真只是"来见我"，并且打算登上那辆巴士。

到目前为止是这样。

跟我会面这种事，不过就是他每天在各处埋下的伏线——朝四面八方布下策略的其中之一罢了。

这么一想，场面未免过大，就连待在他的身旁都感觉很羞耻——所谓的"不该来见他"，从这层意义上来说或许就是这个意思。

"如果想要'不得不小心翼翼相处'的同伴的话……"

札规忽然说道，并居高临下地看着仍然保持坐姿的我。

"我们也是可以成为你的同伴的哦？瞳岛。"

"咦……"

"如果想要的话，随时都可以转到我们学校。我跟我值得夸耀的同伴们——'流氓美人队'随时欢迎你的加入。"

相比美少年侦探团，我有信心让你更加地有魅力。

留下这句话，札规立刻登上了巴士。

23．遗失之物与回家的路

　　有那么一阵，我就那样保持着茫然的姿态。在终于回神的时候，才发现札规遗忘在长椅上的物品。

　　是那个隐形眼镜盒。

　　那并非单纯的眼镜盒，而是能让人看见"看不见的衣服"的特别道具——还在实验开发中的危险物品。

　　他居然把这种东西给忘得一干二净，就那样潇洒离去了，札规原有的气势意外地被削弱——不，不对。

　　莫非是故意遗忘的？

　　为了下次能跟我"碰头"，而故意留下的借口或说是伏线——真是符合以"跟人会面"为主要工作的札规风格的"下次的约定"。

　　总有一天，他会无辜地再度打来电话，表示"能不能把那个隐形眼镜盒还给我？那可是重要机密"的吧——真是圆滑到不行。

　　既然明白了这点，我也该摆出没有注意到遗留物品的样子，直接回家才是最恰当的对策；只不过，胆小如我，根本没那种把能够利用在军事方面、等同于秘密道具的科学产物给丢在公交车站然后直接回家的胆量——明知是陷阱，关于这点我也很是恼火，但此刻看样子也只能中对方的计了。

真没办法。

对方如此堂而皇之地遗留下物品，我却在札规离去的时候没能察觉到，都是我不好——肯定是为了不让我有所觉察，札规才会对我说出那种煽动般的话来。

那是啥玩意？"流氓美人队"？

似乎又是在什么地方听说过的名称……不管怎样，他的忠告真的应该真挚地加以接受吗？

这次只是纯粹碰个头，下次可就不一定了——在赌场关闭的善后工作完成之后，以多角度经营为宗旨的札规会对指轮学园做出什么样的事来，就不是别人能够弄清的了。

我把"遗失之物"，也就是隐形眼镜盒放入西装口袋，从座位上起身——路线完全不同，我从这个车站没法回家。

然而，在跟札规谈话的这段时间里，夕阳早已西下，四处暗沉沉的。一条对于虽说身着男装，却仍是独自回家的女生而言有危险的夜路就此形成。

在我的视力面前，黑暗什么的基本没有意义，但我也能够设想得到，那些企图摸黑作恶之人，应该并不知晓我的视力。

因此，我还是决定……

"不好意思让你躲起来，能不能请你送我回家？"

藏身在公交车站后小型灌木丛中的不良学生慢悠悠地走出来。

就见他摆出一副无比厌恶的表情。

"搞什么，是通过透视才发现的吗？眼镜明明都没摘下来……"

"嗯，只是觉得你应该在这里而已。"

不是视力，而是直觉。

硬要说的话，其实是分配给我的这部儿童专用手机搭载了针对迷路儿童的 GPS 功能，无论逃亡到地球的哪个角落，想要找到我都不是难事。

如果不喜欢，只要切断电源就好，但我毕竟没有做到那一步——事到如今再说这种话绝对没人会相信，因此我什么都没说；但我真的没有从他们身边逃走的念头。

"美腿同学呢？"

"往家那边去了，考虑到可能真的会发生什么情况。"

"那就立刻联络他吧！告诉他你重要的同伴平安无事。"

"你很吵耶。"

虽然嘴上这么说，但不良学生似乎对在背后偷听一事心怀愧疚，也就没有说出责备我的话来。

代替责备之言的是这样一句话："下次会给你吃好吃得要死的餐点，你有点觉悟吧。"

好痛苦的惩罚啊。

"然后呢？敌方老大跟你都说了些什么？最后那段混进了巴士车轮的声音，没听清楚。"

"保密。"

颇为绅士的花花公子礼规应该做不出把女生丢在夜路上率先回去这种事来，他应该也知道附近有美少年侦探团的成员吧——所以才在声音混淆的时候说话。理解到这点，我站到了不良学生的身边。

待在札规旁边让我不好意思到那种程度，但不知从什么时候开始，站在从格局上而言绝对不逊色于札规的、歹徒般的不良学生身边，却完全不觉得怯场了，事到如今就连自己都觉得不可思议。

24. 晨会

在本以为这场稍稍偏离故事主线的逃脱剧和密会就这样结束了的时候，我便遭受了一场来自美腿同学的真实怒火。

以结局来说，这场说教未免过于严肃，故事中似乎不需要这种附赠品——让有着天使般的容貌，并且平常无比开朗、谦逊、明媚的后辈发怒到那般程度，身为只有年龄能压对方一头的前辈，我还是有很多不服气的地方。

真的搞不懂，过去曾有过三次被诱拐经验的美腿同学真面目的开关到底要从哪里打开。

总而言之，我在自家门口正襟危坐，承受了大概三小时的怒火，团长布置的家庭作业当然也就不可能完成，在无为无策的情况下，于第二天踏入校园。

不良学生一副恨不得立刻交差走人的模样，很快就回去了；体力充沛的美腿同学看上去也是能够熬夜的人；

但我只是个到了晚上就想睡觉的人。

被后辈发了那么大一通火，好不容易才得到解放，却在第二天清晨因为作业没做这种理由又要惹怒对方，想到这里就禁不住地忧郁。

果然还是不应该回应札规的邀约吧——嗯，在昨晚的时间点，事实上我面前并没有拒绝对方邀约的这种选项，既然如此，就应该更加积极地施加压力，从札规嘴里得出建议才对。

他是那种"管他呢"的人。

虽说被我这种人施加压力，不难想象会被无视……即便如此，我还是会死缠烂打，至少能得到些提示的话，我前往学校的脚步也不至于沉重成这样了。

不，话说回来，即便算不上提示，他还说过些什么有用的话吗？

对对，"真正重要的东西眼睛是看不见的"——想必无人不知无人不晓，这是出自《小王子》的名言。

他在赌场里也说过这句话，搞不好这其实是札规的座右铭？

……无所谓了。

　　反正对于给团员们布置作业的团长来说，我这种新人的推理，他应该不会有多少期待就是了。

　　"喔！来了来了瞳岛眉美！赶紧把你的推理说来听听，相比我们这种被固定观念束缚的老成员，你的着眼点肯定不一样！来吧，尽情地给美少年侦探团吹起一股新风！"

　　居然被狠狠地期待了。

　　我到达的时候，全体成员已经在跟装饰在墙壁上的巨大绘画同样空无一人的讲堂中集合了——看着我走进来，美腿同学的眼神不太像是在看同伴，难道他还在生气？

　　对于我完全没有时间去推理的事心知肚明的不良学生，似乎也完全没有包庇我的意思——至于天才少年，好像连我来了的事都没留意到。

　　喂，你也稍微对我有点兴趣好不好？

　　能不能别摆出一副立刻就要死了的表情啊？

　　"那好，既然是团长的想法，今天就从瞳岛同学开始，拜托你了。"

　　担任司会主持的咲口前辈说道。

他跟心藏秘密的昨天截然不同，讲话十分顺畅——可恶，赶紧轻松起来。

又或许是，我跟札规密会的事已被告知，这个萝莉控搞不好已经讨厌向宿敌借用智慧的我了。

简直太阴暗了。

不光是对于异性的喜好，连心眼儿都那么小。

我早就做好了真到万不得已的时候就谢罪的心理准备，但无论如何都要向他们报一箭之仇。

"我明白了，那就请各位安静听我说。根据确凿的证据和理论思考，我了解了七年前诱拐事件的真相……"

我一边故作冷静地说着，一边全力旋转大脑——这并不是需要动真格思考的问题，但永久井老师究竟如何在掩人耳目的情况下，将如此巨大的画作进行了替换？

当然方法也是有的……但她为何要做出这种事来，则完全弄不清楚。因为美术的授课被取消而生气也是理所当然的，但因此就要替换画作，又是为什么？

假如当真如同"哈默尔恩的吹笛人"那般，真的将全校学生诱拐走了的话还好说……

"嗯？怎么了，瞳岛眉美？'真相……'之后演说就停止了哦？哈哈哈！岂止是少年侦探，这副装模作样的腔调，已经到达名侦探的领域了！接下去的目标是不是要拿下‘小五郎’的称号？”

才怪。

若真有人有这个目标的话，其实是站在那边的萝莉控。

“……瞳岛，话说，你还没用自傲的视力去看过这幅巨大的画作是吧？”

大概是对我慌慌张张的样子实在看不下去了，不良学生居然伸出了援手——值得表扬！

然而，如同在天花板里发现的那三十三张绘画一样，哪怕摘下保护视力的眼镜，也只能穿透墙上那幅巨大的绘画，看到其后方而已。

只能看到雪白的画布，或者是更后方的墙壁。

至于后方的墙壁上，当然不可能留着某种信息——就是没有悬挂绘画的墙壁罢了。

阻挡我的是墙壁，这句话很好地表达了我现如今的心境——美观眉美为之自豪的视力，在此派不上用场。

嗯，上回过分派上用场了而已。

十年之间，这种视力让我这个人变得一无是处——怎么可能一直都有用得上的时候？

"喂喂，装腔作势也得有个限度，瞳岛眉美！这种企图独占美丽推理的姿态，不会违背你的美学吗？"

才没有什么"我的美学"这种东西呢。

不要再这样逼迫普通人了。

就在被美腿同学在自家门前足足说教了三个小时都顽固地不肯道歉的我，终于准备弯下膝盖的当口……

"快点告诉我们，瞳岛眉美！你跟札规在一起到底推敲出了什么样的推理？"

团长催促我道——咦，我的密会都传到团长耳中了？

本来以为最多传到咲口前辈这里就算结束了呢……不，这个推测应该是没错的，咲口前辈也是满脸震惊的模样。

这么说来，在昨天我公开推理的时候，双头院就觉察出了这点——能够让他如此思索的材料，最多也就是我的那段演说而已。

"你、你都知道了，团长？"

这是副团长的提问。

"嗯？你是指瞳岛眉美与曾经对立的敌人达成了美丽的和解这件事吗？"

团长反倒不可思议般地如此回答。

"不必大惊小怪的。现在你不是也知道了吗，长广。"

不对。

他并非利用推理，而是利用"儿童专用手机"这个项圈，才掌握到了我的动向——并且，团长的一番话彻底消除了我在侦探活动中借助敌人之手的内疚感，更重要的是，这番话给了我很大的心理支持。

美丽的和解。

当然，事实并不是这样的——我擅自行动，连当事人札规都说这是轻率的行为，将这种事如此一番"曲解"的团长，我绝对要报恩。

正因并非如此，所以才必须这么做——必须美丽。

既然如此，我该做的事就不是谢罪或有所顾虑。

而是推理。

为了不辜负团长的期待，我必须以美少年侦探团成员的身份进行推理。

必须美丽。

必须是少年。

必须是侦探。

并且——必须是团队。

"请问，有谁……"

我摆出一副名侦探装模作样的演讲口吻，战战兢兢地举起手来。

"有谁知道隐形眼镜的佩戴方法？"

25. 重叠

虽说美少年侦探团的成员中没人佩戴隐形眼镜，只不过，这件事属于利用彩色隐形眼镜化妆的技术范围之内，因此天才少年示意了——无言地。

他无言地认同了我的存在。

使用眼镜保护视力的我当然没有佩戴过隐形眼镜，正因为不知道该怎么使用，才向他们求助——不，无论使用方法是什么样的，都得让隐形眼镜直接贴着眼球，所以往别人眼睛里放大概更恐怖。

当然，此刻要佩戴的隐形眼镜也不是寻常的隐形眼镜。

那副隐形眼镜，正是昨夜跟我达成了美丽的和解的宿敌所遗失的——让佩戴者疑似能够拥有看见"看不见的衣服"的"视力"，甚至有可能转变为军事用途的特殊隐形眼镜。

绝对不是有了什么好主意。

　　既看不到展望，也弄不清结果——若真说有什么主意，那也是札规的。

　　对于我用假设的形式提出的"七年前的大诱拐"的问题，札规没给过半分建议。在达成了"跟我会面"这种职务上的目的之后，应该不会再有如同昨晚那般的交流了。

　　但是，万一，他给过我什么建议呢？

　　并非用委婉的方式。

　　或许该说是露骨。

　　相比美少年侦探团，可以让我更加有效地发挥自己的能力——放出这番豪言壮语的发饰中学的领导人物若真的给我指出了一条明路，那他会采取什么样的形式？

　　以"遗失之物"的形式。

　　他未必不会采取"隐形眼镜"这种形式——因此，我行动了。

　　在自己的特殊视力之上，叠加了特别的隐形眼镜，再度看向描绘了无人讲堂的巨幅绘画。

　　随后……

　　真相，我看破了。

26. 七年前的真相

真相被看破了。

只不过，其中也有误解。

我本身"好得过分的视力"，叠加札规的"隐形眼镜"，本以为能够让美观眉美犹如透视力的能力加倍，但现实并非这种简单的加法。

正如札规所言，这副隐形眼镜的功效虽然赶不上我的视力，但是能够让人看见"看不见的衣服"，让视力增加的效果应该是没错的——因此，假设我的视力为"10"，隐形眼镜为"5"，就能得到合计"15"的视力——再用这种视力去看巨幅的绘画，或许就能看出一些东西来。

然而，"10"加"5"得出的结果并非"15"——仔细想想也是理所当然的，眼镜作为矫正视力的工具，就算同时戴上两副，也不能让眼睛看得更远。

在这种情况下，我原本为"10"的视力在"5"的隐

形眼镜的作用下，反倒遭遇了灭杀，结果，我用合计为
"5"的视力看向《讲堂中的讲堂》——这样倒也不错。

"好得过分的视力"变成了"正好的视力"。

虽然我的原计划是落空了。

札规的计划成功了。

"那幅画——并没有被替换过。"

我喃喃自语般地说道。

没错。

这就是真实。

"到底怎么回事，瞳岛？什么叫'没有被替换过'？"

面对不良学生的质问，我的回答是"都误会了"——
这也是一种误会。

只不过，当装饰的绘画变成了截然不同的其他东西，
人们当然会认为是被替换了——这跟我肤浅的"重叠"
完全不同。

"喂喂，既然没被替换，难道全校学生真的从绘画中
被诱拐走了？"

"不是那个意思。"

我拼了命地搜索比较优美的词句，但无论怎样绞尽

脑汁，以我贫瘠的词汇，最终也只有直接说明这一种方式。

与其堆砌辞藻，倒不如以最诚实的态度对待艺术。

"这幅画，做过覆盖处理。"

"覆……盖？"

美腿同学听得直发愣。

成功了，因我的逃亡而起的怒火，在真相的冲击之下得到了缓和！

为了不让这个机会溜走，为了让美腿同学一点点地原谅我，我带着诚实加一点点不纯的动机继续说道：

"也就是说，巨大的画布一直挂在墙上没动过——只是把'全校学生进行学生大会的讲堂'重新画成了'无人的讲堂'而已。"

只要弄明白了，就没什么大不了的。

除此之外没有其他的解答。

既然不存在将画布搬出去再把新的画布搬运进来的情况，那就没有其他可行的解决方案了。

然而同时，我又有了极为离奇的想法。

若非我用"自己的眼睛"亲眼看过，恐怕也不敢相信——若没有用被隐形眼镜"减杀"之后的视力，目睹"透过画布的一半"所看到的巨大绘画的"底纹"上整齐排列的"全校学生"的身姿，无论如何都不敢相信的吧。

既不是纯白的画布，也不是空无一物的墙壁。

正因为仅透视了覆盖上去的绘画颜料，才得以看到底纹。

即便能够看穿画布，但仅仅看穿一层颜料就停止的能力，我还是不具备的——若真能够做出这种调整，也就不需要什么眼镜了。

而将这副隐形眼镜遗忘在车站就直接回去的札规，肯定已经看穿了真相——不，虽然没有真正地看见过。

"真正重要的东西肉眼是看不见的。"

仅限此次，正如他所言。

"哈……原来如此。既然是这样，还不能确凿证明的那点，即'犯人是永久井声子'也能够确定了。能够有这种在完成的绘画上再覆盖一层的、类似遭报应的想法，很像作者本人的风格。"

不良学生如此表示。

我也这么认为。

天才少年在示意某张画布的原图是《拾穗者》的时候，也没有直接在画布上作画，而是用智慧型手机拍下照片后再加工——身为画家，当然不会直接在他人的绘画上动笔。

相当讽刺的是，这种大胆的犯罪手法恰好能够将犯人圈定出来——当然也不能就此一概而论，虽说还没有证据，但我很难想象能够画出如此水准绘画的人，会不珍惜他人的作品。

除非那是自己的绘画。

画家应该不会想把他人的绘画当作基础进行覆盖的吧。

"覆盖……不，若当真如此，从名为'讲堂'的密室中进出、新绘画的制作过程、处理旧绘画的问题就全部解决了，只不过瞳岛同学，我还有一个问题。"

咲口前辈力求慎重地说道。

在理解"真相只有这一种"的同时，他似乎想把不能错过的要点一个个地解决掉。

"这么巨大的一幅绘画，想要重新画一遍也绝非易事——需要相当长的一段时间。"

"没错。制作原版绘画的时候，应该是花费了一个月的时间吧。在此期间，想要在讲堂内部这种公共场所进行秘密作业，我认为是不可能的。"

"既然如此……"

"但没必要把整张画重新画过。构图相同，只要把排列着学生的部分进行覆盖就行了，工作量能够大大减少。"

"道理我都懂，但至少来说，一个人做这些事的话还是……"

"如果不是一个人做的呢？"

从这里开始都是想象。

这是一种虽说没有超出推理的领域，却是推理的领域所不曾达到的想象——在绘画上进行覆盖是我亲眼目睹的真相，而七年前具体发生过什么，则只能交给想象。

只能尽可能地做出美丽的想象。

"也就是说，这才是诱拐的动机。如此大规模的犯罪行为，其实是一群人共同完成的。"

"'一群人共同完成'才是动机……真搞不懂，瞳岛同学。'一群人'究竟指谁？永久井老师当时的艺术家同伴们？"

"不，是当时指轮学园的学生们。"

能够想到的也只有这点了。

当然，正如咲口前辈所说，永久井老师得到了艺术家们的帮助这种可能性也无法消除，但我认定的仍然是自己的观念。

她——永久井老师。

她的帮手们，是她身为教师所教授过美术的那群学生。

当美术从课程中被抹除，与她同样悲叹不已——或许比她悲叹得更厉害的学生们响应了老师的招募，参与了整场行动。

"咦？不过小瞳岛，永久井老师可是问题教师哦？"

"听得可真仔细，提的问题真好。并且你还有一双美腿。"

解谜的同时，我还努力迎合着美腿同学。

为了讨好后辈，我还是蛮拼的。

这应该跟道歉没什么区别了吧？

"只不过，'问题教师'这种说法说到底都是学园方面的说法——但在我们所听到的那些轶事中，她从来都没做过放弃授业、藐视学生之类的事吧？"

　　未经许可擅自举办写生大会、让初中生画裸体画，虽说这些事确实是做得过火了——身为教师，问题行为确实是多了一些；但身为艺术家，她始终都是学生们的楷模。或者应该说，正因如此，她才会变成所谓的问题教师。

　　因此……

　　支持这位老师的学生应该还是有的。

　　希望真的有。

　　"七年前的大型诱拐，归根结底就是永久井老师的最后一次授业——虽然称不上是全校学生，永久井老师还是通过这场共同作业，尽可能地给学生们上了一堂课。"

　　那堂授课，除了教授绘画的技术，同时也传达了身为艺术家的姿态和感激之情吧。

　　若要用重视播种的札规的话来说，或许那只是单纯为了好玩——但无论怎么说，永久井老师仍然在孩子们的心中播撒了种子。

　　自那之后，七年时间过去了。

即使是当时最小的初中一年级学生，也长成了二十岁的大人——他们和她们，究竟都成长为了什么样的大人呢？

永久井老师的目的，绝非为了自己被解雇而复仇——她的眼光，瞄准的是未来。

我朝天才少年看去。

这孩子，大概从最初起就明白了事件的真相吧。

即便没有我这种视力或札规那种隐形眼镜，只要具备专业知识，在原画上面覆盖新图这种事应该也是能看明白的——反过来说，除了具体执行的小组，七年前的指轮学园就是如此缺乏绘画之心。

"永久井老师七年前失踪并下落不明，应该不是因为愤世嫉俗，而是为了独自顶下所有罪名。她完全不愿意连累学生。"

或许是我们把"问题教师"这点想得太多了，但这么一想，确实也是相当合理的事实。

又或许说，学园方面可能也有人接近了真相。对她表示理解的成年人，也不是完全不存在吧——然而，大家全都步调一致地闭紧了嘴；就算事实并非如此，既然有大量的学生参与了，也就不得不隐瞒了。

虽说算不上什么经过精心算计的犯罪行为——不，能做出如此巧妙的设计，也能够视为艺术家的禀赋吧。

"太美了。"

短促又沉静的发言，出自双头院之口。

这句话明明不是赞赏我的，但不知道为什么还是让我感觉很不好意思，只能敷衍地表示："啊，这个，这番推理也不知道具体说对了几分。"然而紧接着……

"全部正确。"

如此断言的声音响起。

转头一看……

就见讲堂的入口处，赫然站着永久井声子。

27. 自白

"哈哈哈，其中当然也有单纯生学园方面的气的原因——真遗憾没有把那些家伙哭丧的脸给画下来。"

至于为何能凭直觉认定说出那句玩笑话的人就是永久井声子，我无法给出合乎逻辑的说明。作为去年才入学的学生，我既没见过她的脸，当然也不可能看过她的照片——但从主观感觉来说，我确信那就是她本人。

当然，就算我的直觉错了，从对方沾满颜料的运动服和卷在头上的毛巾来看，至少能推测出她是一名画家。

完全就是一副离开画室后直接来到讲堂、可谓漫不经心的模样——因此完全判断不出对方的年龄，嗯，总之就是一副比设想中要年轻个几岁的样貌。

虽说对方脸上沾了彩绘，不好判断她的样貌，但从美腿同学敏感地做出反应的状况来看，想必是位美人。

"……您是永久井老师吗？"

跟我的状况不同，与天才少年共同调查了对方所在地的咲口前辈应该是知晓她的容貌的——即便如此，他还是如此询问。

"如你所见。"

对方开玩笑般地颔首。

"我就是永久井声子。前教师、现役画家，以及现如今的诱拐犯。"

"……"

对方毫不胆怯地如此说道。她的登场对于咲口前辈而言，似乎是件突如其来的事。

本以为肯定是学生会会长查到了行踪不明的对方的所在地并把她叫来了此地，这样看起来情况好像不是这样——不期然间，大家就搞出了"对答案"的形式，但若不是咲口前辈请来的人，她又为什么会来到这里？

犯人会回到犯罪现场？

虽然是老生常谈，但哪有犯人过了七年时间再重返现场的？而且还在我们展开侦探活动的时间点偶然出现？

"嗯。本来嘛，因为这所学园讨厌我，我是不想过来的——但听说有一帮家伙擅自占据了我的美术室。"

莫非就是你们？

永久井老师笑嘻嘻地说道。

该怎么说呢，她的笑容总让人感觉有些压迫。

"没错，就是我们。"

我们的团长堂而皇之地如此回答。

"我们是美少年侦探团。"

"好好笑。"

永久井老师边说边朝我们这边走近，问了一句："那么，另一个谜题是不是也解开了？"并朝我看来。

那是试探般的目光。

另一个谜题？

啊，没错，都给忘了。

应该说是这次事件的发端——美术室。

正是永久井老师口中"我的美术室"的那间教室天花板里发现的，那三十三张绘画。

没有描绘登场人物的摹绘画。

探索其中的意义才是一切的开端。

"跟这幅巨大绘画的覆盖工作不一样，那些画是我的个人作业。你觉得那是出于什么样的动机？"

好一番兜圈子的询问方式。

这个人大概会被讨厌的。

对于初次面对的孩子，她的回应方式以社会传统观念来看，确实有教师失格的成分——然而，无论对方是不是孩子都秉持从一开始就毫不容情的姿态，以老师的身份来说，或许这才是正确的。

只不过，我无法成为一个好学生就是了。

因为我把另一头的谜题完全遗忘了——虽说解开了巨幅绘画的谜题，但对于连锁性质的另一边的解谜却没能做到。

根本就是另一种谜题。

混在一处的拼图碎片已经整理好了一半，另一半却无人问津。

只不过，若真要说出"我不知道"，又总感觉永久井老师会以严厉的态度对待我——就在我进退两难的时候……

"关于这点，就让我们的艺术家来回答吧。"

团长拍了拍天才少年。

"创作，你自己说。"

不光是我、咲口前辈、不良学生、美腿同学全都因这句指示而吃惊不小——始终代替天才少年发言的双头院居然能说出这种话，真的大大出乎我的意料。

作为当事人的天才少年似乎也没料到——然而，他的表情变都没变一下，像下定决心般地说道：

"那些画，并不是没有画人。"

大胆地将常规打破，在同一个事件之中，沉默寡言的他，再次发言：

"而是描绘了神。"

28. 天花板上的真相

并不是没有画人，而是描绘了神。

若在昨晚的时间点听到这番话，只会让人觉得莫名其妙吧——这句话意义不明到了极点，只会让人愈发混乱。

只不过，讲堂的巨幅绘画之谜已经解开，永久井老师本人也就在这里，那么如今听到这句话就可以理解了。

当然，任谁看到那三十三张画，都会认为上面并没有描绘人物——只有"将作为底本的名画上的人物抹除了"这一种解释。

然而，这里还可以换一种说法。

也就是——作者描绘了除人类以外的事物。

人类以外。

即风景、自然、植物或动物，以及天使或神明之类的主题。

三十三张名画的主题没有共同点，无论作者、时代和背景都十分散乱，差异化明显——让人联想到"其中没有共同点"。

只不过，带着"说不上是共同点"这个理所当然的前提去看，只要留意到所选的画作全都是描绘了人物的图画这点，就能够看穿作者的意图。

那三十三张画，都是为了"不描绘人物"而挑选出来的——反过来说，作者"不想画人物""不擅长画人物"的可能性更低。

既然如此，最初不要选择摹绘那些有人物出现的绘画就行了——并非如此，作者其实是……

永久井老师选择了包含人物主题的绘画——随即祈愿，让人类从名为"画布"的密室中离开。

以这层意义来说……

应该引起思索的，并非那些被除去的人类——而是留下来的密室。

"嗯……难道是因为讨厌人类？"

美腿同学歪着头如此说，但事实并非如此。

当然，既然都搞出了这样的作品，作者本人一定也是有相当程度的偏执的；只不过，永久井老师绝非单纯地讨厌人类——至少在《讲堂中的讲堂》中，将全校学生描绘下来这种光想象都觉得辛苦的劳动，她都是凭一己之力完成的。

这里值得思考的，应该是三十三张绘画上被认为不存在的共同点——不，说到共同点，果然还是没有。

硬要说有的话，就是永久井老师的喜好。

然而，就算说是个人喜好，双头院君所提出的问题仍然存在——在选择三十三张名画的时候，列奥纳多·达·芬奇的《蒙娜丽莎》没有入选，怎么想都不可能。蒙克的《呐喊》也有同样的疑问。

还有其他许多画作——提到为什么没能入选的绘画，要多少就能想出多少。

那么，那些画作的共同点是什么？

没入选的绘画的共同点在哪儿？

风景画、裸女画、历史画、风俗画、战争画、日本画、水墨画、抽象画……无论作者、时代还是背景，或者印象派与立体主义，油画、水彩画或版画，就连种类都散乱不堪的三十三张画，都描绘了人类这点姑且不提，被选上的这些绘画的共同点在于……

答案很明显了。

仔细回想一下那三十三张画，答案就十分明显——无论多有名气，哪怕是无人不知的名画，永久井老师都不曾挑选原画作者本人的自画像。

即便肖像画会被选上，自画像还是一张都不选——换句话说，她不曾描绘画家的画像。

没有拘泥于体裁、时代、东西方的限制，当永久井老师想从各式各样的绘画中抹除人类的时候，她把"画家"这个职业做了例外处理——说是例外，更像是特例。

宛如在说……

伟大的艺术家足以匹敌神明。

……这样一来，《蒙娜丽莎》没有包括进去的理由也就能够推测出来了。就连我都知道，民间传说，《蒙娜丽莎》其实是列奥纳多·达·芬奇所描绘的自画像——无论是多么欠缺可信度的传说，万一那是真的，考虑到那位万能天才被排除在画布之外的风险，当然也就没法去画了。

至于蒙克的《呐喊》，就更容易理解了。

虽说称不上是自画像，但那幅画作，描绘的是作者本人对大自然的呐喊深感畏惧的主题——换言之，画作中央的人物正是蒙克本人。

这样一来，若以这些画作为底稿，就只能原封不动地将其画出来，包含在其中的主题也就失去了意义。

包含在其中的主题。

换言之——信仰。

并非通过描绘将画家本人神格化的作品，而是通过不去描绘画家以外的人类来表现这种信仰——既然最终无法将画家与画家以外的人类平等对待并加以描绘，虽说别扭如羊肠曲径，但这种公平性仍然表现出了作者的爱。因此，若非要选择达·芬奇或蒙克的作品，《蒙娜丽莎》和《呐喊》以外的作品才有可能入选。

天才少年所说的"至少还有三十三张"画布的意思，想必就是假定还有三十三张原画作者的自画像存在吧。以伟大画家们的自画像为底稿的画作——当然，这批画作之中，画家们的身姿绝对没被抹除。

然而，那些画作实际并不存在。

并非因为"画不出来所以不画"，而是一种"很想画所以不画"的技法。

并非藏在天花板里，而是存在于永久井老师心中的那些画作，才描绘了作为信仰对象的那些人的身姿。

"啊啊，够了，够了。已经很够了。"

直到刚才还摆出完全不像非法侵入者的蛮横态度的永久井老师忽然态度一变，害羞得直摆手。

"真没想到能被你们说中。本来我还想着在听到离谱的回答之后好好嘲笑一番呢。哼，早知道会搞得这么羞耻，一开始就不该来的。"

话是这样说，但永久井老师那张哪怕沾染了颜料仍能看出红彤彤底色的脸庞，似乎透露着欣喜。

"你叫什么名字？"

被如此询问的天才少年又切换回了沉默模式，双头院立刻秉持代理人的身份说道：

"指轮创作，人称美术创作。"

并且还补充说明了一句，"正是将您从这所学园赶走的指轮财团的继承人。"

哎呀，也不用详细到这种程度吧？

只不过，或许团长认为对她隐瞒事实不算公平——也许还认为这种做法违背了美学。

永久井老师接受了这个说法，"哈哈哈"地点了点头。

"如果七年前有像你这样的家伙存在，我就不会被炒鱿鱼了。"

她如此表示。

还真是爽快。

这番话或许是出自真心，然而，七年前的教师时代于她而言，早就是过去的事了。

"……还有件事我没搞懂。"

不良学生如此发言。

你突如其来"没搞懂"的，其实不止一件事吧——虽然有斥责对方的冲动，但我硬生生地忍住了——我还不算个特别差劲的人。

"你画那些画的初衷算是解释清楚了，但七年前你被炒鱿鱼的时候，把那些画藏进美术室的天花板里又是什么意思？"

对哦，这个谜题还没解开。

那些可谓体现了她的内心的画作，为何会被留在美术室里？难道只是单纯地忘掉了？

不对。

正如札规的隐形眼镜并非单纯的遗忘之物，那三十三张画也绝不可能纯粹只是被忘掉了。

"倒也……没有什么深刻的意义。"

永久井老师做出了用卷在头上的毛巾擦手的动作——这或许是在掩饰羞怯。

"我只是想象着，如果把画作藏在天花板里，有朝一日，当那间美术室再次被使用的时候，会不会有人察觉到哪里不对劲，然后找出我画的那些画——到那时候，希望对方能够想一下'这是什么'。"

她一定以为这种事不可能发生的吧。

美术室尚且没有被再次启用；就算被重新使用，也没人会特意去调查天花板内部；万一因为其他情况导致那些画作被人发现，大概也不会引起特别的思考，直接处理掉就好——永久井老师大概是这么想的。

无论是什么样的艺术家，都有料想不到的事。

七年后，一群莫名其妙的家伙占据了美术室，居然还想着创作天顶画，还把那批画布给翻了出来。

"这是什么？"

最终正中永久井老师的下怀，沉迷于解谜之中不可自拔。

"是你发现的吗，指轮创作同学？"

"是瞳岛眉美发现的。她是美观眉美。"

双头院把我介绍给了老师。

"哦……解开《讲堂中的讲堂》之谜的也是这孩子吧。原来如此，不愧是天才。"

不，天才根本就不是我，是指轮创作才对。

能够解开谜题，大多依靠的还是借来的智慧。

"他们是'美食小满'袋井满，'美腿飙太'足利飙太，'美声长广'咲口长广。"

双头院同学向永久井老师依次介绍众人——还是个真心欢喜地介绍同伴的团长。

"那么，你又是谁？"

"双头院学，'美学之学'，担任美少年侦探团的团长。七年前有您这样的老师存在，我觉得真是件非常好的事。"

并且，能在今日与您会面真是太好了。

双头院如此说道——我本以为他的意思是，能够迅速把碰到的几个谜题的答案全对上一遍真的很好，其实不然。

"因为我们有一事相求。"

他继续说道，"永久井老师，美术室是您的，但能不能作为解开谜题的奖励让给我们？美少年侦探团希望能够继承您美丽的意志。"

29. 尾声

如此这般，非法占据校内空置教室的一群无赖恶棍，通过"解谜"，从教室的前任拥有者手中完成了继承手续，美少年侦探团正式将指轮学园的美术室变成了事务所，真是可喜可贺——至此，这个故事本该就此落下帷幕的，但非常不好意思，这里还有一两件不得不画蛇添足一下的事。

虽说跟永久井老师以"不画"来表明对画家的敬意的手法完全相反，不过嘛，画蛇添足这种事也能够称得上是描绘的手法，就让我用"给蛇添上脚通常称之为进化"这种牵强附会的理由，再多说几句吧。

首先，是关于应当解决的最后的谜题。

关于在天花板里发现的那三十三张绘画以及讲堂内装饰的巨大绘画之谜，虽说多少与真实有些偏离，但还是做出了美丽的解释；然而，为我们核对了全部答案且是全部绘画作者的永久井老师，为什么能掐准时间点出现在讲堂之中？

七年前行踪不明的传说中的老师，为何能在那个时间点回归学园？

若将这个谜题放置不管，无论如何都让人搁不下笔——总不见得是专程在等待出场的时机吧？

虽然她本人虚情假意地表示"听说有一帮家伙擅自占据了我的美术室"，但她到底是从谁那里听到这个消息的？

咲口前辈和天才少年似乎花费了整整一个晚上，才将她的所在之地给查得七七八八，但还是没能完全接近。按照原定计划，我们打算在解谜结束、放学后的时间段搭乘直升机直接前往——这样一想，老师本人能够直接登场还真是帮了大忙。

只不过，向老师告密的到底又是谁？

还真不知道。

虽说不知道，但这里仍旧存在一个事实，即有人知晓美少年侦探团正在寻找名叫永久井声子的前任教师兼现役艺术家——毕竟我在公交车站说过这些事。

关于那个为了炫耀而故意把隐形眼镜给遗忘的人，我能说的是，他的工作就是与他人会面，并认识许多的人；并且他还跟无论是物品还是人物都能"搬运"到各处去的犯罪组织——"二十人"有着紧密的关联。

既然如此，只要人还活着，从中牵线——通过独立关系网寻找失踪人口并直接送到某所学校的讲堂之中——根本就是易如反掌的。

嗯……我不认为他是出于某种理由才这样做，就算真有，若咲口前辈得知这场调查被比自己年龄小的那位宿敌抢占了先机，简直不敢想象那个萝莉控会有什么样的想法。这个谜题，或许还是待在迷宫里别出来了比较好。

这样或许也很美。

顺带一提，咲口前辈在一番无用功之后锁定的永久井老师如今的住址，似乎是某座无人岛——在地图上都没标识出来的那座小小岛屿上，老师一边过着自给自足的生活，一边继续从事艺术活动。

找不到她也是蛮正常的。

至于那座幸亏这次没去成、近邻似乎都将其称呼为"现代帕诺拉马岛"[1]的岛屿，永久井老师向我们发出邀

1　此处为致敬江户川乱步的《帕诺拉马岛奇谈》。

约，表示"随时欢迎你们去玩"，不过嘛，哈哈，怎么说呢，总觉得将来应该没有这种机会的。

还有一件事。

数日后，天才少年的天顶画宣告完成。

美术室的天花板被全面使用，创作出了一幅足以匹敌永久井老师所绘制的巨幅绘画的巨型作品，不过美少年侦探团全员齐心协力，结果比预定计划要顺利得多。

不，或许是天才少年在接触到永久井声子这位艺术家之后，受到了某种触动吧。

七年前，若学校里存在指轮同学这种感性之人就好了——永久井老师虽然这么说，但站在指轮的角度来说，是不可能长久地投身到这种艺术活动中的。

身为继承人，他已经参与了公司运作，他有朝一日必定要拿出干劲，背负起指轮财团不可——不得不舍弃艺术的那天必将到来。

正因如此，天才少年才在这次的事件中罕见地采取积极行动，并出乎意料地亲自发言了两次。

正因如此，他才真正是美少年侦探团的团员——绝非大人而是少年这一点，或许他比任何人都要期望。

摘掉隐形眼镜的时候，我虽然怕得要死，但还是拜托天才少年来完成。当时我问了他一句话：

"天才少年是出于什么样的动机才打算画天顶画的？"

当然，回答依旧是无言。

无所谓，都习惯了。

在此之后，在担任传递绘图工具的助手的工作中，因为规模过于庞大，别说为什么要画，我就连具体要在这幅天顶画上画些什么都搞不清楚。

而且，就算询问也没人能告诉我。

"哎呀哎呀，你真的跟做出那番精彩推理的瞳岛同学是同一个人吗？"

被咲口前辈如此揶揄，我都不想再追究了。

那压根就不是我本人的实力，你不是比谁都清楚吗？

即便有了团长的准许，但我借用宿敌的力量完成推理一事，似乎还是让他不爽——无所谓，被萝莉控讨厌又不会少一块肉。

话虽如此，在接近完成的时候，天顶画宏大的全貌徐徐明朗起来。

被涂抹成全黑的美术室天花板变成了一块巨大画布，

在其上（下？）展开的，是八十八种图案。

巨大的熊和狮子格外惹眼，一开始还以为画的是狩猎旅行，事实并非如此——他还画了下半身是鱼的山羊，以及蝘蜓。

有后发[1]，也有水瓶。

有蝎子，也有大蛇。

有少女，也有神明。

他所表现出来的世界是八十八个星座。

好一片天文馆都表现不出来的宇宙。

对着那片完成的风景。

我呆呆仰望的模样活像个傻瓜。

面对如此的我……

“哈哈哈！你喜欢就好，瞳岛眉美！这样为了你而专程画的这幅画的创作才得到了回报！”

双头院同学喜笑颜开——为了我？

以为自己听错了，我立刻转头寻找天才少年，只见完成了创作活动的他早就窝在沙发里，跟美腿同学、咲

---

1 指后发座，北天星座之一，其象征物为埃及王后伯伦尼斯二世的头发。

口前辈一起在享用不良学生泡的红茶。

"居然在天花板上搞出这么夸张的画。"

虽然称不上是"嘴替",不良学生仍把我的那份红茶放在桌上,并以粗鲁的口吻说道:

"就算是性格阴暗的你,多少也会想要往上看看的吧。"

"……"

被如此一说,我不由得再度仰望天花板——没错。

自从连续追踪了十年的黑暗星失踪,我就停止了仰望夜空的行为——就此失去了向上看的心情。

正因如此,我才会加入美少年侦探团。

为了有朝一日能够再度仰望天空。

"为了我……竟然做到这种程度?"

面对不可置信、随便抓了个人询问的我,美腿同学保持着翻倒在沙发上的姿势,说出一句"胡说什么,不是一起做的吗"——看样子,通过共同创作,对方的怒气已经完全消解了。

原来如此。

正如同永久井老师实行大诱拐之时,学生们是她的共犯——我也为美术室内星空的出现做出了杰出贡献。

"还得到了前拥有者——永久井老师的许可。能够随心所欲地完成这幅画比什么都强。"

咲口前辈以优美的声音说着，并点了点头。

嗯，正确说来，虽然是前拥有者，这间美术室说到底还是学校的设施，并非永久井老师的所有物——只不过，一想到咲口前辈为了寻找永久井老师而竭尽全力，而我虽说没那种打算，仍做出了跟他的宿敌私下通讯联络的行为，并且总把"萝莉控""萝莉控"挂在嘴上，不能不打从心底进行反省。下次就把我在小学部时所穿的制服给他吧，如果他能够接受的话。

"哈哈哈！瞳岛眉美，在有朝一日能抬头看到真正的星星之前，你就在美术室内尽情欣赏美丽的星空吧！我也很乐意在此与你相伴！来吧，喝完红茶，大家一起为派对做准备！让我们高调庆祝大作的完成！"

团长一边推着我的背，一边朝沙发走去——怎么说呢，算是一种绘画描绘不出来的美吧。

初次感受到，与我共有同一片景色的他们成了我真正的同伴，真希望有人能把此刻的时光描绘下来。

后　记

　　现在看来令人难以置信，江户川乱步的名作《天花板上的散步者》发表时，评价是出乎意料的不尽如人意，或许该说，听闻甚至备受批判。总觉得作为小故事来说也实在太过分了，甚至让人疑神疑鬼地怀疑是不是真的，不过嘛，无论在哪个世界，都是会有传闻的。比如文森特·梵·高的绘画在其生前压根卖不出去、"夏洛克·福尔摩斯"系列的作者本人对这部作品根本没什么热情、出道之作至今读来还感觉很羞耻、某个旋律其实是即兴创作出来的，嗯，差不多就是这样。大概就是作者的意图跟读者的评价未必是固定的，二者也未必能保持一致的意思？在时代性、偶然性等因素的左右之下，所谓"确定且绝对的评价"，在艺术方面很难成立；如此说来，一想到不知有多少名作被埋没，就让我备觉不可思议。凑巧的是，有些作品根本得不到世人的评价，有些作品仅仅在脑中灵光一闪，便被作者本人认为"不行，这太差劲了"，还没问世就在脑海中被否决。嗯，实际上这类作品占据了大多数吧。如此想来，经历了一两百年、一千年甚至两千年而留存下来的作品，其精彩之处就显得更加突出。

正因如此，美少年侦探团的故事迎来了第三部。瞳岛眉美大概对侦探团也习惯了吧？这次我为成员中的美术创作，即指轮创作进行了一次特写。沉默的天才艺术家，与此同时还是拥有经营者资质的天选之子……只不过，他本人或许在想"只选其中一项就好了"。俗话说"天不赐二物"[1]，但当老天真的赐予两件物品时，也很容易让人迷失方向，有时也会发生两头都没掌握住的情况，十分麻烦。正是在这种感觉之下，我推出了美少年系列第三部《天花板上的美少年》。

封面是由 Kinako 老师所画的指轮创作和足利飙太，在此表示谢意。下一部《带着贴画旅行的美少年》也请多多关照。

西尾维新

1　原文"天は二物を与えず"，意为"金无足赤，人无完人"。

2